初春弁才船・御宿かわせみ

御宿かわせみ

初春弁才船

平岩弓枝

文藝春秋

目次

装丁　蓬田やすひろ

宮戸川《みやとがわ》の夕景《ゆうけい》

一

大川が宮戸川と呼ばれるあたり、竹町の渡しの本所側に舫《もや》ってあった猪牙《ちょき》に半裸体の女の死体が流れついていたのは、江戸にこの冬一番の霜が降《お》りた朝のことであった。

船頭が番屋へ知らせ、やがてかけつけて来た役人が岸へひき上げられている死体を調べてみると、首には荒縄が巻きつけられて居り、絞め殺された上で川へ投げ込まれたらしいとわかった。

なにしろ、湯もじ一枚の若い女の殺人事件なので、忽ち、瓦版も出たが、神林東吾《かみばやしとうご》がその話を聞いたのは深川長寿庵の長助《ちょうすけ》からであった。

たまたま、軍艦操練所の勤務帰りに深川へ寄る用事があって門前仲町を通りかかると、番屋の前に長助の顔が見えた。で、なにかあったのかと近づくと、

「若先生、滅法、朝晩、冷えて参《めえ》りまして……」

両手で衿許をちょいと寄せるようにして挨拶をした。

「只今、お帰りで……」

「ちょいと知り合いが体を悪くしてね。あんまり長引いているようなので、どんな具合かと寄ってみたんだが、なんとか回復に向ったようなんだ」

軍艦操練所の同僚の一人だが、どちらかといえば蒲柳《ほりゅう》の質で、この季節、風邪をひくと必ずこじらせて厄介なことになりやすい。

人柄は悪くないし、仕事熱心な男なのに、体が弱いというのは泣き所で、上司の中には、

「あいつ、まだ休んでいるのか」

と非難がましくいう人もいて、東吾は内心、案じていた。当人も承知していて、治りかけに無理をしては、また、ぶり返すという悪循環が多い。今日、立ち寄ったのも、あまり周囲に気がねをせず、静養するようにというためだったが、当人にしてみれば、なかなかそうも行かないに違いない。

実際、

「神林どのは御健康で、まことに羨しい」

といわれてしまうと、気のきいた見舞の言葉も出て来なくなる。が、そんな話は長助にも出来はしない。

「どうも、この節、酷い殺しが増えまして、この寒空に女を素っ裸にして荒縄で絞め殺し、川へ投げ込むってのは、鬼のやることとしか思えません」

長寿庵のほうへ歩き出しながら長助がいい、東吾は、はじめて瓦版が猟奇的に書き立てたという その事件を知った。

「死体の身許はわかったのか」

「いえ、今のところ、お上に届け出た者もございませんそうで……」

あれだけ派手に書かれたのだから、ひょっとして自分の娘、或いは知り合いの誰それではないかなぞと申し出る者があってもよさそうなものなのに、一件もない。

「若いのか」

「御検屍のお役人の話では二十七、八、まあ三十は過ぎていまいとか……」

「器量は……」

「瓦版はいい女だと書いていましたが……十人並ってところでござんしょうか」

それにしても、なんで裸にしたのかがわからないと長助はしかめっ面をした。

「畝《うね》の旦那もおっしゃっていましたが、仮に男と女のいざこざで殺されたにせよ、荒縄で絞めるってのは、余っ程、相手が憎くねえとやれねえもんじゃございませんか」

どっちみち殺すのだから、なんでもいいようだが、人情でもう少し、ましなものを使いそうなと長助は苦笑した。

「可愛さ余って憎さも百倍って奴かな」

と東吾はいったが、長助はしきりに首をひねっている。

「この節、情のねえ連中が増えているからなあ」

「全くで。世の中がどんどん悪くなっちまって、あっしの年齢《とし》なら、もう仕様がねえですませねえものでもございませんが、孫達が大きくなった時分のことを考えますと、なんとかしなけりゃならねえと……まあ、ごまめの歯ぎしりにゃ違えねえんですが……」

「俺も真底、そう思ってるよ」

長寿庵の近くまで来て、ちょいとお寄りになりませんかという長助の勧めに手を振って、東吾は大川端の「かわせみ」へ帰って来た。

暖簾《のれん》をくぐって、

「なんだ、源さん、来ていたのか」

声と一緒に東吾の頬がゆるんだ。

黄八丈の着流しに黒紋付、伊達者揃いの定廻りの旦那の中で、畝源三郎《げんざぶろう》ほどの野暮は居ないといわれたほど身なりにかまわない男だが、近頃は御新造の丹精でめっきり男ぶりが上っている。

「今しがた、長助に会ったよ。気色の悪い人殺しがあったそうだな」

まあ上れよ、と誘ったのに、

「そうもしていられないのですよ」

一度、立ち上った上りかまちに又、腰を下した。

「宮戸川に浮んだ仏さんの身許調べに手古ずっているのだろう」

「それもありますが、東吾さんにお訊ねしたいことがあるのです」

軍艦操練所に勤めている武石敬太郎という仁を御存じですか、と訊かれて東吾は少し、驚いた。

「武石なら、たった今、見舞に寄って来たばかりだが……」

「見舞というと、病ですか」

「風邪をこじらせてね。御新造の話だと危く死にかけたそうだ」

「東吾さん、病人に会われたのですな」

源三郎の目が光って、東吾は大きく合点した。

「枕許で少々だが、話をして来た」

「間違いなく、病気ですね」

「ああ、げっそりやつれていた。もともと、あまり頑健な奴ではないが……」

友人の表情をみつめた。

「何なんだ。武石敬太郎がどうかしたのか」

僅かにためらって、源三郎がいいにくそうに告げた。

「お疲れのところを申しわけありませんが、今から小石川まで御足労願えませんか」

「そりゃあ、源さんが行けというなら、どこへでも行くが……」

「子細は道々、お話しします。なにしろ、日が短かくなりましたので……」

外はもう暮れかけている。

「いいとも、出かけよう」

源三郎のために茶菓を運んで来たお吉《きち》が、

「あら、若先生、お帰りなさいまし。ええっ、また、お出かけで……」

素頓狂《すっとんきょう》な声で叫ぶのを背に聞いて、東吾はそのまま表へ出た。

「どうも、かわせみの敷居がどんどん高くなりますよ。手前が来るとろくなことがないと、その中《うち》、塩をまかれるんじゃありませんかね」

日本橋川に沿って歩きながら、源三郎が情なさそうな顔で笑い、

「気にするなよ、源さん。あいつらだって、もともとは八丁堀育ちなんだ」

東吾は気のいい友人を慰めた。

それよりも、気がかりなのは、源三郎の口から武石敬太郎の名が出たことである。

「少々、入り組んだ話なのですが……」

小石川の関口台町に近いところに、細川越中守の抱え屋敷がある。

抱え屋敷というのは、身分の高い大名が江戸御府内に幕府から頂戴している土地で、本来はその大名に仕える家臣、とりわけ、参勤交替の際、領地から殿様について荷を運んで来る大勢の供の者の便宜のためだった。が、この節、大方の大名は経費節約のため、行列の人数を少くし、とりわけ、荷物を運ぶのは街道の宿場ごとに交替出来る人足をやとうようになって、昔のように殿様と共に出府し、一年の江戸滞在をすませ、再び、殿様のお供をして領国へ帰るのは上級武士だけで、彼らの宿泊は上屋敷か、せいぜい中屋敷などで足りてしまう。

ただでさえ、江戸のはずれにある広大な抱え屋敷はもっぱら田畑となって、そこで収穫される農作物は江戸在住の家臣の賄いに廻すのが一般であった。

細川越中守の抱え屋敷もその典型的な一つだが、その江戸川に面した外側に、近頃、気のきい

た料理屋が出来た。

柳橋の「梅川」という江戸でも指折りの料理屋の別店で「分梅川《わけうめかわ》」といい、庭に江戸川の流れをひき込んで、岩組みの上から滝を落し、なかなか風雅にしつらえてある。

とりわけ秋は、店の背後にある細川家抱え屋敷の紅葉が美しく、その借景めあての客も押しかけて来て、けっこう繁昌しているらしい。

「その分梅川で、まことに怪しからぬことではありますが、大店の旦那衆が賭博をやって居りまして……」

無論、賭博は御法度だが、いつの世でも少々のお目こぼしはある。

「昨夜のことなのですが、たてまえは十三夜の月見の宴、内実は賭け事を楽しもうと懐中の豊かな旦那衆が集って丁半に夢中になっていた所、店の表に鋲打ちの乗物が着いて、立派な奥女中が下りたというのです」

無論、その奥女中にはお供がついていて、その供侍が出迎えた「分梅川」の主人にささやいたのは、奥女中が細川越中守の奥方に仕える御老女で、今日は奥方の命で抱え屋敷へ紅葉の枝を採りに来たのだが、上屋敷へ帰るに当って僅かばかり休息したいと仰せられているとのことであった。

異例の話で「分梅川」の主人は驚いたが、なにしろ、お隣の細川家の奥女中とあっては断りもならず、とりあえず、座敷へ案内すると、早速、酒肴の用意をせよと御下命がある。料理屋のことで、すぐ万端整えて運んで行くと、奥女中は待ちかねたように盃を取って、なかなかの飲みっぷりだったという。

「東吾さんは御存じないかも知れませんが、御老女といっても、それは役名でして、決して婆さんではない。分梅川へ上った奥女中も亭主の話では、せいぜい二十三、四、濃化粧だが、ふるいつきたいほどの美形だったそうです」

源三郎の言葉に、東吾が首をすくめた。

「分梅川の亭主はどう思ったか知らねえが、厚化粧の大酒飲みの年増はぞっとしねえな」

「話はこれからですよ。その奥女中がやがて立ち上って、少々、ふらつきながら部屋から出る。お手水《ちょうず》かと思っていると、いきなり、旦那賭博の部屋の障子を開けて入って行ったというのです」

あっけにとられている旦那衆を前に、奥女中はあたりを眺め廻し、

「そこに居やるは、武石敬太郎ではないか」

といったという。

「待ってくれ」

思わず、東吾が源三郎を制した。

「なんで、そんな所に武石敬太郎がいたのだ」

「その点は、これから手前が行って調べるのですが、とにかく、奥女中に指名されると、賭博仲間の一人、つまり武石敬太郎が慌てて奥女中の傍へ行ったと申すのですよ」

そのあげく、奥女中は懇々と御禁制の賭博を町家の者と行ったことを非難し、説諭をしたあげ

く、賭け金を全部、集めて来るように、武石に命じた。

「武石は黙々と金を集めて奥女中に渡す。奥女中はそれを持って悠々と立ち去ったわけです」

「冗談じゃねえぜ。そいつは騙《かた》りじゃねえのか」

源三郎がうなずいた。

「細川家に問い合せましたところ、奥方が女中に命じて抱え屋敷へ紅葉を採りにやらせたなぞということは全くなく、抱え屋敷の留守番役も否定しています」

「武石って奴はどうした。そいつは間違いなく偽者だ。俺が面通しすれば、本物の武石敬太郎じゃないことはすぐはっきりする」

「東吾さんにみてもらいたいと思って同行をお願いしたのですが、間違いなく偽者なのですよ」

「どうして、わかった」

「武石敬太郎と名乗った男は、今朝、江戸川に浮んだんです」

「なんだと……」

旦那衆の話によると、武石は奥女中が去った後、自分が追って行ってよく話をする。必ず、金は返してもらって来るからといって「分梅川」を出て行ったが、遂に帰って来なかった。

「旦那衆は賭博の件が知れれば、お上からお咎めを受けるとわかっていますから、表沙汰にする気はなかったんですが、武石の死体が上って大さわぎになり、おまけに死体の首に巻きついていたのが分梅川の手拭だったものですから、分梅川のほうへ調べが廻りましてね」

分梅川の主人がかくし切れずに白状した。

東吾が唸った。

「奥女中がさらって行った金は、どのくらいなんだ」

源三郎が鼻の上に皺を寄せた。

「それが驚くじゃありませんか。ざっと五百両だそうです」

二

関口台町の「分梅川」は表戸を閉め、休業していた。

武石敬太郎と名乗る男の遺体は行きがかり上、「分梅川」の裏庭に戸板を敷いて安置されている。

このあたりを縄張りにしている岡っ引の仙吉というのが、上にかけてある菰《こも》をめくって東吾にみせた。

「違う。こいつは武石敬太郎ではない」

と東吾が断言し、立ち会っていた「分梅川」の主人が仰天した。

「では、このお方はどなた様で……」

「それは、こっちが知りたいものだ」

改めて「分梅川」の座敷で主人、幸兵衛に訊いた。

「あんたは、あの男とつき合いがあったのか」

東吾に訊かれて、幸兵衛は途方に暮れたような表情になったが、

「あのお方が最初に手前どもへお出でになりましたのは、今年の春の終り頃のことでございまして、この店は柳橋の梅川となにかかかわり合いがあるのかとお訊ねになりました」

幸兵衛が柳橋の梅川の主人は自分の兄で、この店は自分がまかせられていると説明すると、

「あいている部屋はあるか、とおっしゃいまして……」

その時、男は一人ではなく、男女二人を伴っていた。

「部屋へお通りになって、膳をお運びしてから、女中に弟夫婦だといわれたそうでして……」

次に十日ほどして、今度は男二人でやって来た。

「たまたま、その日は手前の囲碁仲間の集りがございまして、石の音が聞えて居りましたところ、御自分も少々、たしなむとのことで対局をみせてもらえないかと申されました。で、御案内をし、皆様におひき合せ致しました」

男は武石敬太郎と名乗り、軍艦操練所に所属する微禄の旗本だと自己紹介をした。

「微禄であろうと御旗本が手前どもの囲碁仲間に加えてくれとおっしゃいますので、旦那衆も異存はなく、以来、おつき合いがはじまりまして……」

幸兵衛は流石《さすが》にそこまではいわなかったが、囲碁仲間がやっていたのは賭け碁に違いなく、同じ仲間が時には花札賭博も楽しんでいたのだと、東吾達にも推量出来る。

「こう申してはなんでございますが、遊びっぷりも粋で、とても他人《ひと》様のお名前を騙るようなお人には見えませんでした」

蒼ざめて歎息している幸兵衛からはそれ以上のことは聞き出せず、武石敬太郎の名を騙ったたま

ま殺された男の住居なども聞いていない。

「こいつはちょいと厄介だな」

関口台町からの帰途、東吾が呟いた。

武石敬太郎と名乗って「分梅川」に近づいた男は、おそらく、賭け事の好きな金持の旦那衆がここに集って遊んでいるのを承知していたに違いない。さりげなく自分も客になって主人と昵懇《じっこん》になり、忽ち、旦那衆に近づいた。

「奴と細川家奥女中を名乗る女は、一味だろう」

大金の動く賭の日に一芝居打って五百両をせしめた。

「男が殺されたのは仲間割れですかね」

と源三郎。

「ひょっとすると、奥女中に化けたほうが首魁《しゅかい》なのか。それとも、奴らを操っている親玉が別にいるのか」

「それにしても、派手なやり口ですな」

「一夜にして五百両稼いだんだ。仕込みの金なんぞいくらでもあるまい」

幸兵衛の話だと、武石敬太郎に化けた男は碁も花札もけっこう強くて、勝負は勝ったり負けたりにみえたが、決して大負けすることはなかったらしい。

「それにしても、何故、武石の名を騙ったのか」

東吾の疑問に源三郎がいった。

「そのあたりがこの一件の鍵ではないかと思います。東吾さんに助力をお願いしたいのですが……」

やはり本物の武石敬太郎の周辺を調べるしかないと源三郎はいった。

「残念ながら、我々は手が出せません」

軽輩であろうと、武士は町奉行所の管轄外であった。

「わかったよ。そっちのほうはひき受けよう」

武石敬太郎の名誉のためにも、真相を明らかにしなければならないと東吾はいった。

五百両もの金を盗んで行った賊の一味が武石敬太郎と名乗っていたことが、万一、公けになると、本物の武石敬太郎もかかわりなしではすまされず、それでなくとも上役からうとんじられている武石の立場が一層、悪くなるかも知れない。東吾の気性としては見すごしには出来なかった。

翌日、東吾は軍艦操練所で比較的、親しくしている新井兵介という、やはり微禄の旗本の次男坊に、それとなく武石家のことを訊いてみた。

「武石さんの所は妹が一人います。澄江どのといわれて、けっこう評判の美人でしたが、家計を助けるために嫁には行かず、奉公に出ていると聞いています」

奉公先については知らないといった。

「では、武石さんの御新造の実家は……」

「佐久間という御家人の娘ですよ。本所の小名木川沿いに屋敷があります」

家禄は三十俵二人扶持、当代は養子の筈だとつけ加えた。

軍艦操練所の勤務を終えて、東吾は足を本所の麻生《あそう》家へ向けた。

麻生家は旗本で、当主の源右衛門《げんえもん》が隠居して役職を退いた分だけ禄が減ったが、それでも家禄は千石、質実剛健な暮しぶりなので、けっこう内証は裕福である。

源右衛門は謡《うたい》仲間の所へ出かけて居り、娘の七重《ななえ》は花世《はなよ》と小太郎《こたろう》の二人の子を伴って、知り合いの家へ招かれていて留守だったが、

「若旦那様は御在宅でございます。只今、患者さんを診ていらっしゃいますが、間もなく、こちらへお戻りなさると思いますので……」

と用人がいい、東吾は勝手知った居間で茶を飲みながら待っていた。相変らず、この家で出される茶は薬湯で、何に効くのか知らないが、えらく苦い。

廊下に足音がして宗太郎《そうたろう》が顔を出した。筒袖の袷にくくり袴、その上に白いひっぱりのようなものを着ている。

「いいところへ来られましたよ。患者はもう一人で終りですが、暇つぶしにこれをお願いします」

東吾の前へおいたのは、台所で使うのと同じ擂鉢で、なかには種子のようなものが入っている。

「胡麻を当るのと同じように、ごしごしやって下さい。東吾さんの力なら、すぐ潰れて滑らかになる筈です」

擂粉木《すりこぎ》を渡されて、東吾は慌てた。

「俺を納所《なっしょ》坊主にする気か」

「このところ多忙で、なかなかそこまで手が廻らなかったので助かります。医者を助けるのは、とりもなおさず病人を助けることですから、下手なお経をよむより功徳になりますよ」

「なにが、とりもなおさずだ」

だが、東吾は宗太郎の姿が消えると、神妙に両足の間に擂鉢をはさんで、案外、器用に擂粉木を廻した。

その昔、まだ二人共独り者だった時分に、よく畝源三郎の屋敷で、長芋を擂りおろして、とろろ汁を作って食った思い出がある。

丹念に擂粉木を使っていると、黒っぽい種子のようなものが、いつの間にかやや灰色を帯びたきれいな粉末になったところに、宗太郎が戻って来た。

「やあ、出来ましたね」

嬉しそうに東吾の手許をのぞき込む。

「こいつは何に効くんだ」

「うっかり舐《な》めないほうがいいですよ」

「まさか毒じゃあるまい」

「他の薬種と合せて調合するのですが、便通をよくするのに効きます」

「おきゃあがれ」

擂粉木から手をはなしてすわり直した。

「人を馬鹿にしやがって……」

「便通を馬鹿にしてはいけません。滞ると万病のもとです」

火鉢にかけてあった土瓶を取って東吾の茶碗に注いだ。

「これは、体の冷えを除《と》りますよ」

「よせやい。爺さんになるにはまだ間があるんだ」

「ところで、用件はなんですか」

「どうも調子が狂うな」

小名木川沿いに住む御家人で佐久間という家を知らないかと訊くと、宗太郎がうなずいた。

「この御近所なら、佐久間元大夫どのですか。ぼつぼつ、還暦というお年ですが……」

「娘が軍艦操練所に勤務している武石敬太郎の女房になっている」

「その話は聞いたことがあります」

「知り合いか」

「元大夫どのの御新造が中風をやりましてね。命はとりとめたものの、右半身が不自由で、医者から見放されたといって、当家へ相談に来たことがあります」

「治るのか」

「身体の不自由なのは訓練をすれば或る程度、回復する場合がありますが、佐久間どのの御新造は別の病気も持っているので、うっかりすると諸刃《もろは》の剣《つるぎ》になる怖れがあるのです」

東吾の顔をみて続けた。

「佐久間どのの養子が、何かしでかしたのですか」

「なんだと……」

「新三郎どののことで、来られたんじゃありませんか」

「何故、そう思うんだ」

「この界隈では評判なのですよ。女たらしで賭け事が好き、始終、悪所に入りびたってうさんくさい連中とつき合いがある。武士の風上にもおけないようにいわれていますが、当人はけっこう律義なところがありまして、今朝も少々、金が入ったからと、滞っていた薬料を払いに来ました」

「今朝、顔をみたのか」

「役者にしてもいいような男前ですよ」

「そうか、生きているんだな」

賭け事と聞いて、東吾は関口台町で殺された偽者の武石敬太郎を連想したのだが、

「ぴんぴんしていましたよ。東吾さん、何を考えているんですか」

宗太郎が笑った。

「そういっては何ですが、新三郎どのにも言い分はあるのかも知れませんよ。独り者で色男なら、女のほうがやいのやいのと……」

「独り者とはどういうことだ。佐久間家へ聟入りしたんじゃないのか」

「佐久間家の娘は武石家へ嫁入りしたお国さんだけですよ」

「一人娘か」

「そのようです」

「じゃあ、なんだって、新三郎って奴と夫婦にしなかったんだ」

男の子のない場合、娘に聟をとって家督を継がせる。

「建前はお国さんのほうが年上だからということになっているようですが、佐久間家はまさに赤貧洗うが如き状態らしいですからね。親の気持としては、旗本の家から嫁にもらいたいと話があれば出してやったほうが娘の幸せと考えるものではありませんか」

「しかし、養子にと決っていたんだろう」

「新三郎どのというのは遠縁に当るとかで、実の親に早く死なれて、佐久間家へひき取られて育ったそうです。元大夫どのは、いずれ、よい嫁を迎えてやりたいといって居られましたがね」

「赤貧洗うが如しでは、嫁のなり手があるまい」

「新三郎どのが、何かやらかしたのではなかったのですか」

「実は、武石敬太郎の名を騙った奴がいてね」

関口台町の「分梅川」の事件を話すと、宗太郎が目を丸くした。

「まるで、芝居になりそうな話じゃありませんか」

「世の中、不景気だと、手のこんだ盗っ人が現われるんだ」

「東吾さんは武石敬太郎に化けていた男を新三郎どのと思ったんですね」

「昨日、源さんと一緒に死体を見て来たんだが、中肉中背で小肥りで、不細工というほどではないが、色男には程遠かった」

「新三郎どのはけっこう上背がありますよ。瘦せぎすで、華奢で、武芸のほうはどんなものですか、三味線は上手だそうですが……」

「どうも糸がつながらないな」

武石敬太郎の家族を調べても今のところ、「分梅川」の事件にかかわり合いのありそうな人物は出て来ない。

麻生家を辞して、東吾は小名木川に沿って歩いた。麻生家はかなり広い敷地を持っている。東側は常磐町の町屋が少々、その先は大田摂津守の下屋敷になる。小名木川に架る高橋を渡ると海辺大工町で、佐久間家は大工町の南でそのあたりはごちゃごちゃと御家人の屋敷が軒を並べている。

どの屋敷も狭く、みすぼらしげだが、とりわけ佐久間家はひどかった。形ばかりの垣のむこうにみえる家屋は軒が傾きかかっている。

井戸端に男がいた。七輪に火をおこし、土瓶をかけている。薬くさい匂いの中で、男はいい声で歌っていた。

主《ぬし》と寝ようか　五千石取ろか

なんの五千石　主と寝よ

宗太郎がいった通り、瘦せぎすで上背があり、細面の美男であった。

あいつが新三郎かと思い、東吾はさりげなく、その垣根の前を通りすぎた。

三

二日ほどして、夕刻、麻生宗太郎が患家へ出かけた帰りだといいながら、大川端の「かわせみ」へやって来た。

東吾は帰って来たばかりで、るいが宗太郎を居間へ招じ入れ、すぐに台所へ立って行ったのは、患家廻りをしている日は、ろくに昼餉を食べる余裕もないという宗太郎に膳の支度をするためであった。

「昨日、佐久間元大夫どのが拙宅へ来られましてね。背中に癰《よう》というできものが出来て大変痛む、診てもらえないかと……。その時、武石家へ嫁入りしている娘のお国どのがつき添って来たのですよ」

治療にはけっこう時間がかかるのと、宗太郎が帰りは家の者に送らせるといったのは、佐久間家にはもう一人、半身不随の病人がいて、娘の身として何かと気ぜわしかろうと思ったからである。

「なにしろ、佐久間家には奉公人は居りません」

お国は先に帰り、宗太郎は治療をしながら元大夫と少々、話をしたのだが、

「元大夫どのは、武石敬太郎をよく思っていませんよ。病身と称してお勤めを怠りがちだが、あれは仮病だなぞと申すのです」

「なんだと……」

「軍艦操練所へ出かけても、帰りは夜更けになるそうで、時には酒気を帯びて戻るし、朝帰りもあるとか」

「あの武石がか」

「賭け事も好きなようですよ。柳橋のほうに馴染の妓もいる……」

「まさか……」

東吾が信じられない顔をした。

「おそらく、お国どのが親にいいつけたのでしょうが、元大夫どのは娘を武石家へやるのではなかったと後悔していました」

「ひょっとして、賭け事なんぞは佐久間家の新三郎って奴に誘われたんじゃないのか」

養子の新三郎は賭け事好き、女好きで近所の評判になっている。

「わたしもそういってみたのですが、元大夫どのは、武石の遊びにくらべたら、新三郎などは子供のようなものだと……」

「ほう」

女房の父親からそこまでいわれているとなると、東吾にしても自分の知らない武石敬太郎の裏の顔があるのかとも考えられる。

「早速、源さんに話してみるよ」

るいとお吉の運んで来た膳の上の料理を一つ残らず平らげ、

「やっぱり、かわせみの飯は旨いですね。おかげで人心地がつきましたよ」

嬉しそうな表情で宗太郎が次の患家へ向ってから、東吾は八丁堀の組屋敷へ畝源三郎を訪ねた。

源三郎は奉行所から戻って来たところで、東吾の話を聞き終えると、

「とりあえず、武石どのを見張らせましょう。どこへ出かけて何をしているのか。どういう者とつき合っているのか。なにか出て来るかも知れません」

といい、すぐに別の話をした。

「こちらも、とんでもないことが明らかになったのです」

源三郎の女房、お千絵《ちえ》の実家は蔵前の札差だが、その店の奉公人が思わぬ噂を耳にしていた。

「最初に聞いて来たのはお千絵なのですがね」

台所で酒の支度をしているらしい物音へ軽く顎をしゃくって話し出した。

この夏のこと、蔵前でもっとも格式のある料理屋「誰《た》が袖《そで》」で、札差仲間の旦那衆が賭博をした。

「まあ、そういうことは時折あるので、お上もみてみぬふりが慣例のようです」

旦那賭博のまっ最中に、「誰が袖」に奥女中が入って来た。

お供に若党がついていたが、その奥女中のいうには奉公しているお屋敷の用事で蔵前へ来たが、急に気分が悪くなったので、僅かの間、休息させてくれとのことで、そのまま、勝手にずんずん廊下を歩いて行き、旦那衆が賭博に熱中していた奥座敷へ通ってしまった。

「これは誰が袖の女中の申したことですが、仰天している旦那衆の前へ女はすわり込み、御遊興のお邪魔を致しますなぞと挨拶をしたそうです」

おまけに胴元の前に集めてあった賭け金を手に取りながら、

「このようなことがお上に知れたら、さぞかし重いおとがめを受けましょう」

下手をすると闕所《けっしょ》追放は免れますまいなぞといいながら、賭け金をまとめて風呂敷に包み、会釈をして悠々と立ち去った。

それこそ、あっという間の出来事で、旦那衆は気を呑まれて誰も身動きもせず、茫然と女の出て行くのを見送ってしまった。

「そっくりじゃないか。小石川の一件と……」

「分梅川」の事件と寸分違《たが》わない。

「この夏の話だというと、なんでそんな派手な話が世間へ洩れなかったんだ」

いいかけて東吾は手を打った。

「そうか、札差連中が金をばらまいて口を封じたんだな」

仮にも幕府の米蔵をあずかる形の札差商人が禁制の賭博に大金を投じていたと公けになったら、盗っ人の女のせりふではないが、どんなお咎めを受けるか知れたものではないと青くなった旦那衆が必死で事件を秘した。

無論、お上に届け出て、盗っ人の詮議をお願い申すことなど、するわけがない。

「お千絵の話によりますと、小石川のほうの事件が世間に知れて、それを耳にした者の中に、蔵前の誰が袖のと同じではないかと驚いて、ぽつぽつと口に出す者が増えて来たらしいのです」

半年近くも前の出来事であった。

それでなくとも、人の口は喋りたくてうずうずしていたところだろう。

「手前は今日、蔵前の誰が袖へ行って、首魁と思われる女の人相を訊いて来たのですが、厚化粧だが、なかなかの美女で、権高なものの言い方なぞ、共通しているところがあります」

それよりも収穫だったのは、使の若党で、

「こちらの人相は、偽の武石敬太郎にそっくりでした」

江戸川で水死体となった男である。

「そいつは凄いが……」

少し考えて、東吾が訊いた。

「小石川のほうの一件は、偽の武石敬太郎がいろいろと細工をし、お膳立てをした上で奥女中が乗り込んで来た。つまり、賭博を行った旦那衆の中に、一味の人間である偽武石敬太郎がいたわけだから、いつ、どこで、どれほどの規模の賭博が行われているというのが、一味に筒抜けになった。蔵前のほうには、偽武石の役目をする者はいなかったのか」

偽武石敬太郎は「誰が袖」には奥女中のお供として姿をみせている。

「流石、東吾さんですね」

実は「誰が袖」の奉公人の身許を調べたと源三郎は少しばかり得意そうに告げた。

「いささか、気になる名前が出て来ました」

「焦らすなよ。源さん」

「武石敬太郎どのの妹で、澄江どののというのが、誰が袖に奉公していたのです」

「会ったのか」

「いえ、会えませんでした」

「どうして……」

「暇を取って、屋敷へ戻ったそうです」

今「誰が袖」の番頭に長助がついて、深川伊勢崎町裏にある武石どのの屋敷へ問い合せに行っているると源三郎はいった。

表むき、町方が旗本の家族のことを問い合せるわけにも行かないので「誰が袖」の主人と相談し、近く大事な客があるので、一日だけでも手伝いに来てもらえないかという口実を設けて、番頭が出かけたのだという。

「誰が袖というのは大層、格式の高い店で、主として、茶懐石の料理だそうでして、手前は知りませんでしたが、庭に立派な茶室があって、客はそこで茶のもてなしを受ける。武石どのの妹は、茶道の心得があるので、そこで茶の点前《てまえ》をするということで、誰が袖に奉公していたようです」

そうでもないことには、いくら微禄でも旗本の妹が料理屋へ奉公するのは具合が悪い。

お千絵が酒肴を運んで来て、東吾は盃を取ったが、源三郎のほうは、

「もう長助が来る頃です。かまいませんから東吾さんは始めて下さい」

といい、自分は茶を飲んでいる。

待つほどもなく、お千絵が、

「誰が袖の番頭と長助が参りました」

と取りついで来た。

居間へ入って来た二人、とりわけ番頭は狐につままれたような顔をしている。

「武石様へうかがいましたところ、澄江様はお帰りになっていらっしゃいませんということでして……」

武石敬太郎と妻女のお国に会ってもらって来たが、二人とも、てっきり、澄江は「誰が袖」に奉公しているとばかり思っていた。

「お二人とも、大層、驚かれて、なにか粗相があって店を出されたのかとお訊ねになりまして、手前のほうが途方に暮れました」

番頭は青ざめて、しきりに汗を拭いている。

「長助親分にも申し上げましたが、手前どもでは、決して澄江様に暇を出したのではなく、突然に澄江様のほうから今日限りでやめさせてもらうと仰せ出されたのでございます。手前も主人もびっくりして、なにか嫌なことでもあったのかと、事情をお訊ね致しましたところ、兄の命令でとだけ御返事がありまして、すぐ手廻りのものをまとめて出て行かれました。それっきりでございます」

給金のほうは、前もって奉公に出る際、約束したものを屋敷へ渡しているし、正直のところ「誰が袖」のほうでも腹にすえかねて、屋敷へは挨拶にも行かなかったという。

「澄江どのが出て行ったのは、いつのことだ」

東吾が訊ね、番頭は首をかしげた。

「あれは、今月になってすぐの……左様、三日のことでございましたか」

するとすでに十日余りが過ぎている。

「其方の店で働いている者の中で、とりわけ、澄江どのと親しかった者はいないか」

という源三郎の問いにも、

「なにしろ、お武家様の出で、手前どもの奉公人とは、殆《ほとん》ど口をおききにならないくらいでして……」

しかも、なにかというと兄の病気が心配だからと店を抜け出して行き、時には泊って来るといった有様で、

「主人も困っては居りました」

と顔をしかめる。

番頭を帰し、長助を加えて、酒を飲みながら話し合ったが、雲をつかむような感じであった。

「どうも俺達は大事なものを見落しているような気がするんだが……」

東吾が呟き、源三郎が腕をこまねいた。

八丁堀の夜はしんしんと更け、寒気が雨戸のすきまから忍び込んで来る。

四

その日、神林東吾が軍艦操練所の勤務を終えて帰りかかると、門の近くで人待ち顔に突立っている武石敬太郎の姿がみえた。

東吾を見るとあたりを少しばかり気にする様子で近づいて来る。

「少々、お願いがあってお待ちしていました」

といわれて東吾は迷った。

本来なら大川端の「かわせみ」へ伴ってもよいのだが、このところの奇妙な事件に名前の出ている人物であった。迂闊なことはしたくない。

「では、御同道致そう」

と、とりあえず答えたのは、敬太郎のほうに話をする場所のあてがあるのかも知れないと思ったからだったが、歩き出すとすぐ、

「実は屋敷では話しにくいことでして、どこか、あまり人目のない所で……」

相談する口ぶりである。

まだ夕餉には早すぎる時刻ではあるし、女子供ではあるまいし、甘酒屋の縁台というわけにも行かない。天気でもよければ本願寺の境内でとも思うが、あいにく曇り空で寒気がきびしい。加えて、武石敬太郎は蒲柳の質である。

「武石どのの御身分には如何かと思いますが、蕎麦屋の二階というのはどうですか。深川佐賀町に手前が昵懇にしている店があるのですが」

ざっくばらんに東吾がいい、敬太郎は、

「どこにても……」

と低く答えた。

武石敬太郎の屋敷は深川、仙台堀沿いの相生橋の近くだから、長助の長寿庵はまあ道筋に当る。東吾のほうは大川端町で、軍艦操練所から我が家を素通りして永代橋を渡り、深川まで行くことになる。考えてみれば迷惑な話だが、武石敬太郎はあまりそうしたことに頭が廻らないらしい。彼の口から申しわけないとか、すまぬとかいう言葉は全く出ないが、そういった相手にも東吾は馴れていた。大方の人間はまず己れが第一になると割り切ってもいる。

それにつけても、自分は畝源三郎や麻生宗太郎のような信義にあつい友人に恵まれていると思う。

長寿庵の暖簾をくぐると、珍しく釜場に長助がいた。

「すまないが、ちょっと二階を借りたいんだ」

東吾の言葉にすぐ応じた。

「お安い御用でございます。汚え所ですが」

まっ先に階段を上って座布団を直し、部屋のすみから炭箱を持って来て火鉢の火に足しかけると、東吾の後から階段をかけ上って来た長助の女房のおえいが台十《だいじゅう》に山盛りのまっ赤な炭火を、

「お前さん、そんなまだるっこしいことを……」

亭主の火箸を取って器用に火鉢に移す。

更にその後から長助の悴の長太郎が茶と蕎麦《そば》饅頭《まんじゅう》をのせたお盆を持って上って来て、

「お出でなさいまし、すぐに酒の燗も出来ますので」

丁寧に挨拶した。で、東吾が敬太郎に、

「武石さん、酒は……」

と聞くと、

「手前は病後でござれば……」

と手を振る。

「それじゃあ俺も遠慮しよう。何かあったら声をかけるから」

長助夫婦に軽く目くばせをすると、

「承知致しました。御用の節にはかまわずお声をかけて下さいまし」

親子三人が気を揃えて二階から去った。

「体の具合はどうですか」

向い合って、東吾が訊ね、敬太郎は、

「その節はお見舞頂き、ありがとう存じました」

と頭を下げた。それっきり黙ってしまい、東吾が、

「御用とは、なんですか」

とうながすまで渋茶を手にうつむき加減の儘である。

「神林どのは、たしか町方役人にお知り合いが居られるとか……」

低く訊かれて、東吾は成程と思った。

町奉行所に所属する与力や同心を、罪人を扱うからという理由で不浄役人と蔑称するふうが一般の旗本や御家人の中にある。

おそらく、武石敬太郎もその一人に違いない。だから、東吾がその不浄役人につながる縁を持っていることを、口に出しにくかったのだろうと推量しながら、ごく自然に答えた。

「兄が町奉行所の与力職をつとめて居りますが……」

敬太郎が自分のことをいわれたように視線を伏せた。

「では、その、探索などをする方々にお知り合いがござろうか」

「探索と申すと……」

はじめて敬太郎が顔を上げた。

「手前の妹が行方知れずになり申した」

「ほう」

澄江という女のことだと、東吾はすぐにわかったが、とぼけた。

「武石どのの妹御が、いったい……」

「澄江は……いや、澄江と申すのは手前の妹の名でござるが、茶道のたしなみがあり、それを見込まれて蔵前の料理屋、誰が袖と申す店にて客人に茶をもてなす役目を頼まれて居りました」

料理屋は夜が遅くなるし、茶事の準備には朝からかからねばならないので、一応、住み込みということになっていた、と敬太郎は時折、口ごもりながら話した。

「それは、いつ頃から……」

「左様、かれこれ二年近くにもなろうかと……」

「時折はお屋敷に戻られていたのでござろうな」

「それが……最初の中《うち》こそ月に一、二度、茶事のない折に戻って来て居りましたが、次第に間遠《まどお》になり……」

さりげなくうなずきながら、東吾はこれはこれはと思った。

先日、畝源三郎の依頼で「誰が袖」の番頭が武石家を訪ね、澄江が戻っていないのを確かめている。その折、「誰が袖」の番頭の話では澄江がかなり頻繁に店から暇をもらい、兄の病気見舞と称しては泊って来ているとのことであった。

もし、敬太郎のいうのが本当ならば、いったい、澄江はどこに行き、どこへ泊っていたというのか。

「しかし、蔵前と深川ならば、さして遠くもなく、料理屋で茶事を行うような客がそう多いとも思えませんが」

東吾の言葉に、敬太郎が困惑の表情を浮べた。

「お恥かしいことでござるが、澄江はどうも手前の家内と折り合いが悪く、それ故、屋敷に居づらかったのではないかと……」

小姑鬼千匹といっても、それは両親が健在なればの話で、武石家のように親が二人とも他界して兄の代になっていると、嫁ぎ遅れの妹はとかく肩身の狭いものだろうとは、東吾にも想像が出来る。

「左様なわけで、妹がまるで屋敷へ顔をみせなくなっても、大方、奉公先で重宝がられ、傍輩とも親しくなって、なまじ暇をもらって屋敷へ帰るより、仲間と気晴しに出かけるなぞして日を過しているのであろうと、あまり心配も致しませんでした。ところが、先日、誰が袖の番頭が屋敷に来られ、妹が暇を取ったと聞かされ、仰天致したのでござる」

しかも、それは今月三日のことで、すでに十数日が経っている。

「澄江は屋敷には戻って居りません。とすると……」

途方に暮れたような敬太郎をみて、東吾は訊ねた。

「妹御が身を寄せられる御親類などは……」

「ござらぬ。手前と澄江は二人きりの兄妹、両親の兄弟としては、母方の叔父が居りますが、行き来は全くして居りません。我が家はあまり交際《つきあい》の広いほうではなく、澄江が頼って行くような家は一軒もないと存じます」

はっきりいわれて東吾は眉を寄せた。

「不躾なお訊ねですが、これまでに澄江どのに縁談などは……」

「ないこともなかったが、まとまりませんでした」

「澄江どのが親しくして居られた友人などは……」

「妹は内気でござって、人づきあいも苦が手だった故……」

「では、澄江どのが誰が袖から暇を取られた理由に心当りはありませんか」

「全く、これと申して……」

それでは探しようがないではないかといいかけて東吾は黙った。その様子をみて、敬太郎がそっと膝を進めた。

「実は、澄江の失踪の理由は誰が袖の店の者が承知しているに違いないと存ずるのです。と申しても、それがしが訊ねても先方は固く口をとざし、何事も答えはせぬでしょう。ここは町方のお調べによって、澄江がどのようになっているのか、明らかにして頂きたく、神林どのにお願い致すわけでござる」

「つまり、澄江どのの行方知れずに関して、誰が袖側が何かかくしているとお考えなのですな」

「当方に心当りがない以上、先方にあるに違いない」

「成程」

止むなく東吾は答えた。その分ではいくら話していても埒はあかない。

「承知しました。お役に立つかどうかわかりませんが、手前の友人に定廻りをつとめる者が居ります。そちらに話してみましょう」

「願わくば、なるべく当家の名を出さぬように……」

冗談ではない、といいたい所を抑えて、東吾は頭を下げた。

「そのように心がけましょう」

「お手間を取らせた」

敬太郎が立ち上り、先に階段を下りて行く。一応、東吾も階下まで行って見送っていると、長助達には目もくれず、素早く外へ出て行った。

「若先生」

長助が傍へ来た。

「なにかお気に召さねえことでも……」

東吾が笑った。

「あいつが、誰が袖から暇を取った女中の兄上様さ」

「すると、お旗本の」

「妹を誰が袖がどうかしたんじゃねえかと疑って調べろといって来たのさ」

「やはり、そんなことでしたか」

階段の裏側から畝源三郎が顔をのぞかせた。

「東吾さんが、えらくいばった侍と二階へ上って話し込んでいると聞いたものですから、おそらく、その筋かと考えていたのです」

「いうことがすさまじいよ。家の名を出すなといったところで、御当人の姓名をかたった奴が、大金をゆすり取ったあげくに土左衛門になっているんだ。それも知らずにふんぞりかえっているのがいじらしいじゃないか」

「本当に、例の一件を知らないのでしょうかね」

「知っていれば、ああ落付いているものか」

えらそうにかまえていても、根は臆病だと東吾は憎まれ口を叩いた。

「ところで、何かわかりましたか」

「澄江という女だが、どこかに色男がいたような気がするよ」

始終、店から暇をもらい、時には外泊もして来ている。

「実家へ帰ったのでなけりゃ、それ相当の所があるのだろう」

「もう一度、誰が袖を調べましょう」

「同じ店の奉公人なんぞではないと思うが」

「誰が袖」の番頭の話でも気位が高く、他の奉公人と打ちとけなかったと聞かされている。

店で訊いても、おそらくわかるまいといった東吾の言葉通り、主人夫婦や番頭、奉公人のすべてが口を揃えて、全く心当りはないと答えた。

唯一の収穫は、女中の一人が今年一月十六日の藪入りの日に、浅草の出会い茶屋の前で男と一緒に入って行く澄江を見たといったことである。

「残念ながら、女中は澄江の相手の男の顔を見て居りません」

今年一月の藪入りは雨で、澄江は男と相合傘でその種の店へ入ろうとしていて、男は先に店の奥へ行き、澄江が傘をつぼめる際に、通りすがりの女中に顔を見られたものである。

「すまないが長助、その女中に訊いてみてくれ。澄江は誰が袖の女中に自分の顔を見られたことに気がついたのか、もし、気がついていたとしたら澄江の態度はどうだったのか、ひどく狼狽したか、恥かしそうだったか、そのあたりを如才なく頼む」

心得て長助が「誰が袖」へ走り、やがて「かわせみ」へ報告に来た。

「澄江様は自分が男と入って行くのを傍輩の女中にみられたのに気がついていたそうです。なにしろ、傘をつぼめようとして顔を上げた所に女中が突っ立っていたといった案配で、いやでも二人の目がぶっかっちまって、女中は仰天したが、澄江様のほうは慌てもしないで、堂々と店へ入って行ったてえんで、女中が申しますには、なんだかこれ見よがしだったと……」

長助の報告を例によって傍で聞いていた女中頭のお吉が、

「随分、いけ好かない人ですね。仮にもお旗本のお嬢様なのに、男と出会い茶屋へ入るのを、これ見よがしだなんて」

と顔をしかめた。

「相手の男については何かいっていなかったか。顔は見えなかったにせよ、背恰好とか」

東吾が訊き、

「背は高かったようで……痩せぎすで身なりは侍だったと申しました」

と長助が返事をした。

「上背があって痩せぎすの侍か……」

それだけでは雲を摑むようである。

長助が帰ってから東吾はるいにいった。

「女が男と出会い茶屋へ入る所を知り合いにみられて慌てないってことはどうなんだ」

火鉢にかかった鉄瓶に水を足しながら、るいが苦笑した。

「御承知なくせに……」

「人に知られても困らない仲か」

「御夫婦であのような所へ行かれることはありますまいが、間もなく御祝言とか……」

「それでもきまりの悪いものだろう」

「御夫婦同然の仲なのに、何かで公けに出来ない。むしろ、人の口の端《は》に上ったほうが、お二人のためには具合がよいとか……」

「特に女のほうがそれをのぞんでいるってことだな」

「誰が袖」の女中の口から、自分が外で男と逢っていることが主人の耳にも入り、主人から実家へ知らされるのを、むしろ、澄江が期待していたと考えると、澄江の相手はそう不釣合の身分でもなく、夫婦になることにさして支障があるとは思えない。

「でも、そういうお相手でしたら、どうして澄江様はお兄様に打ちあけなかったのでしょうね」

るいが小首をかしげた。

「男が優柔不断だとか……兄貴と性の合わない相手だとか……」

「お兄様にお話しにくかったら、兄嫁のお国様へ相談なさるのは……」

「それは駄目だ。あの家は小姑と嫁さんと折り合いがよろしくない」

思案が迷路へ入った感じであった。

おそらく、「誰が袖」から暇を取った澄江の落付き先はその男の許に違いないと思うのだが、何故、それを実家に知らせないのか。

「敬太郎が反対して連れ戻しにくるような相手なのかな」

熟考のあげく、ちらと東吾の脳裡をかすめた顔がなかったわけではないが、その時、東吾は口に出さなかった。よもやという気持が強かったからである。

三日が過ぎて、東吾が軍艦操練所へ出仕すると待ちかまえていたように武石敬太郎が近づいて

来た。東吾が何をいう暇も与えず、

「不浄役人というのは、口さがないものだな。他人の家の秘事を口外して、人を陥《おとしい》れるとは犬畜生にも劣る輩だ」

荒々しい口調で叩きつけるようにいうと、肩を怒らせて部屋を出て行った。

東吾があっけにとられていると、近くで眺めていた同僚の新井兵介が、

「気にされぬほうがよいですよ。武石どのは先頃、さる料理屋を舞台に大金を詐取するという事件の一味の者に、名を騙られたそうです。それが上役に聞え、お訊ねを受けたといって大層、立腹しているのです。それで、神林どのに八つ当りをしたようですから……」

といってくれた。

もとより、東吾はその一件を知っている。けれども、上役にはおろか、軍艦操練所の誰にも話してはいない。

それにしても、長年、同じ職場で働いていて、こちらはそれなりに信義をもってつき合っているのに、勝手な時にはものを頼み、自分に不都合なことがあると真偽も確かめずに面罵する武石敬太郎という男に、少からず愛想が尽きた。

小人を相手にするまいと思いながら、やはりその日は気が重かった。

その帰り道、本願寺の前まで来ると、薬籠《やくろう》を提げた麻生宗太郎が一軒の武家屋敷から丁重な見送りを受けて出て来るのが見えた。

むこうも東吾に気がついて、路上で待っている。

「なんだか、鬱陶《うっとう》しい顔をしていますね」

いきなりいわれて東吾は自分の顔へ手をやった。

「そうかな」

「およそ、東吾さんらしくない顔ですよ」

軍艦操練所で何かありましたか、と訊かれて東吾はおおよそを話した。武石敬太郎の一件を宗太郎はすでに知っている。

「東吾さんの前ですがね、この節、そういう仁は滅法多くなりましたよ」

自分の患者の中にも似たりよったりの者が少くないと宗太郎は笑った。

「こっちが訊きもしないのに、自分の家の勝手不如意をべらべら喋って、それが世間に広がるとお前が喋ったろうと腹を立てる。それなら最初から何も話すなといいたくなりますがね」

「いってやるのか」

「いって解る相手なら、そうした問題は起りません。昔から女子と小人は養い難しと孔子様もあきらめていますからね」

「宗太郎は人間が出来ているからな」

「過分なお言葉ですが、なんの、医者はとかく人の心の裏側をのぞく機会が多いというだけですよ」

そのまま、東吾と一緒に「かわせみ」へ来て、るいやお吉のもてなしを旨い、旨いと喜んで腹一杯になり、

「東吾さんは果報者ですよ。美女あり、美酒あり、美肴あり。ま、拙宅も似たようなものですがね」

とぼけた顔で宗太郎が帰った頃には、東吾の重い気分はどこかに消えていた。

しかも、中二日おいてひょっこり「かわせみ」へやって来た宗太郎は、急ぐので長居は出来ないと断って、帳場で東吾に重大な話を伝えてくれた。

「例の一件で、東吾さんも源さんもいささか立ち往生のようにお見うけしましたのでね、ちょいと佐久間家へ見舞に行って来たのですがね。元大夫どのの背中の癰《よう》はもう治りましたが、中風の御新造のほうは一向にはかばかしくない。時折、薬も取りに来ていますし、診にも行っているので、こちらから出かけても不自然ではないのです」

寝たきりの御新造から少々、話をきいて来たのだが、

「お国さんを武石家へ嫁に出した後で、武石敬太郎どのの妹の澄江どのを、佐久間どのが養子にしている新三郎と夫婦にしてはという話があったそうですよ」

という。流石に東吾があっという顔をした。

「ですが、もともと新三郎どのというのは一人娘のお国さんと夫婦にするつもりで佐久間家が遠縁からひき取った男ですからね。そのお国さんが武石家へ嫁いで、代りに武石家から澄江どのを嫁にもらうというのは、形の上では都合がいいようですが、当事者の気持は複雑でしょう」

もし、お国と新三郎がたがいに憎からず思い合っていたとしたら、二人の気持も微妙だろうし、澄江の兄の敬太郎にしても、そういう男の許に妹を嫁がせてよいものか迷いも生じるに違いない。

「ただ、澄江どのにはその気があったようですよ」

佐久間家にしてみれば奉公人もおけないような窮迫した状態で、いってみれば、無給《ただ》で使える人手が欲しいというのが本音だと宗太郎はいった。

「我が娘と養子の間にどんな気持があろうと、娘はとっくに嫁に行ったのだし、もう、いいだろうと考えていますす」

「佐久間家に奉公人はいないのか」

「今はいません。昔は女中と若党と一人ずつおいていたそうですが……」

「武石家には、たしか年をとった女中がいたよ」

どちらも貧乏旗本だが、軍艦操練所勤務についている武石敬太郎のほうが、家禄も少々上だし、ゆとりがある。

「なにしろ、佐久間家は何年も先まで扶持米をかたにして札差に借金があるというのですから、奉公人をおくどころではないでしょう。御新造が愚痴をいっていましたがね。若党の島三郎というのは暇を取ってからも時折、見舞に来てくれたりしていたそうですが、それも、この頃は、ふっつり足がとだえているとのことで……」

役に立つかどうかわからないがと苦笑した宗太郎に、東吾は頭を下げた。

「すまない。名医によけいな手間をかけさせてしまった」

「日頃から、旨い飯を御馳走になっている義理がありますからね」

千春《ちはる》は風邪をひいていないだろうねと、いつも冬になると持って来てくれる薬湯の茶葉の袋をおいて、宗太郎はそそくさと立ち去った。

五

夜、東吾は八丁堀の畝源三郎を訪ねて、宗太郎の話を伝えた。

「東吾さんは、誰が袖の女中がみかけた澄江の相手は佐久間新三郎だと考えるのですか」

源三郎が念を押し、東吾が重く顎をひいた。

「そう考えると、何かが見えて来ないか」

「さてと……」

今度の事件で最初の舞台になったのは蔵前の料理屋「誰が袖」だと源三郎がいった。

札差の旦那方が集って、大きな賭金を動かして賭博に興じていた。

「誰が袖の主人はあの時一度きりだと申し立てていますが、まず、そんなことはありますまい。時折、同じ仲間が集って旦那賭博を楽しんでいた筈です」

大金をさらって行った奥女中と若党は、その日、「誰が袖」で賭博が催されるのをあらかじめ知っていたことになる。

「おそらく、誰が袖の奉公人の誰かが口をすべらせたか、或いは奥女中の一味だったかだと考えますと、行方知れずになった澄江というのが、どうもあやしい気がします」

源三郎の言葉に、すみにひかえていた長助が一膝乗り出した。

「誰が袖を調べてわかったことでございますが、あそこの奉公人は一人残らず身許がしっかりして居ります」

蔵前の札差や所用でやって来る役人が客の大半ということもあって、奉公人の躾もきびしく、みな口が固いといった。

「大方が五年以上、勤め上げて居りますし、事件があった後も、不審な振舞のあった者はいねえそうでございます」

唯一人、挙動不審なのが澄江で、始終、勝手に出かけるし、外泊もして来る。加えて、先頃、暇を取ったきり、その行方が知れない。

「澄江が一味として、かげで糸をひいているのが佐久間新三郎と申すことですか」

麻生宗太郎の話では、このところ、佐久間新三郎は少しばかり金廻りがよくなったか、未払いの薬料を届けに来たりしている。

「それにしても、肝腎の奥女中と若党、この若党は分梅川で武石敬太郎どのの名を騙っていたのと同一人物ですが、この二人はいったい……」

「分梅川」のほうの奥女中を仮に澄江が化けたと考えることは出来るが「誰が袖」のほうは無理であった。どう濃化粧したところで、店の者の目はごま化せない。

東吾が漸く口を開いた。

「俺は男だから女の気持はよくわからねえ。だが、宗太郎の話を聞いている中に、武石敬太郎の女房のお国という女のことが、どうも気になったんだ」

もともと一人娘で遠縁の新三郎というのが養子になる予定で佐久間家へ住み込んだ。

「そのまま、何事もなければ新三郎と夫婦になるところを、実家が困窮していて、なかなか祝言をあげることも出来ない」

貧乏旗本でも娘に聟を取って跡を継がせるとなれば、ごく内々でも披露をせねばならないし、僅かながらにしても金がかかる。

「佐久間家の内情はそれすらも不可能だったのだろう。そこへ、武石家からお国を嫁に欲しいといって来た。まず、敬太郎がお国を見染めたんだろうが、武石家は微禄でもそれなりの暮しが出来る。少々でも支度金ぐらいは出したのかも知れない」

親は娘に因果を含めて武石家へ嫁入りさせた。

「そこまではよくある話だろうが、今度は敬太郎の妹の澄江を新三郎の嫁にと話が出て来て、お国はどう思う」

源三郎が苦笑した。

「まず、面白くはないでしょうな」

それでなくとも、小姑と嫁の間柄、お国と澄江は仲が悪かったと、お国の夫の敬太郎が東吾に打ちあけている。

「お国が反対して、澄江と新三郎の祝言は立ち往生したが、佐久間家の親はとにかく人手不足なので、澄江に来てもらいたいと考えている。その上、澄江は新三郎にぞっこんのようだから、女が働きかけて男もその気になるということはあるだろう」

「それが浅草の出会い茶屋だとして、東吾さん、話はふり出しに戻りましたよ」

いいかけた源三郎が、はっと口をつぐんだ。

「まさか、東吾さんは武石家の……」

「俺は何度か敬太郎の女房をみているんだが、少々、嶮はあるがなかなかの器量だよ」

「しかし、旗本の御新造に、派手な芝居が打てますかね」

奥女中に化けるのはともかく、大勢の男を前に堂々と大金を詐取する。

酒を運んで来た源三郎の女房のお千絵が口許をほころばせた。

「女は好きなお方のためなら、鬼にも蛇にもなりますとか……」

源三郎が口許をゆるめ、別に東吾に訊いた。

「奥女中がそうだとして、武石敬太郎どのに化けた男はいったい」

東吾が新しい酒を注いでもらった盃を干して、自信のなさそうな声でいった。

「佐久間家に島三郎という若党がいたそうだが、暇を取った後も折々、顔を出していたのが、このところ、ふっつり来ないらしい。ただ、こいつは俺の当てずっぽうで何の証拠もないんだ」

長助が盃をおいた。

「そいつは、あっしが調べて参ります。近所を訊けば、年恰好、人相ぐらいはわかる筈で……」

もし、武石敬太郎と名乗ったあげく、小石川で殺害された男と一致すれば……。

「東吾さん、もう一つだけ訊かせて下さい。万一、奥女中が武石家の奥方だとして、何故、相棒の若党に敬太郎どのの名を騙らせたのでしょう」

「お国は新三郎に未練があったのさ。新三郎が澄江といい仲になっていると知って逆上したのかも知れない。武石家から離縁を取って新三郎と添いとげたい。となると邪魔になるのは御亭主だろう」

悪事を働いた男に名を騙られたというだけでも、武石敬太郎にとっては不面目この上ない。

「実際、武石はその件で上役から注意されたといって狼狽していたよ」

「それにしても、果してそれで離縁出来ますかね」

東吾がちらとお千絵をみて、首をすくめた。

「怖い女が本当に腹を括ると、なにをしでかすかわからんぞ」

長助がひょいと立ち上った。

「あっしは早速、佐久間様の若党てえ奴を調べますでござんす」

二日後、長助が「かわせみ」へ来た。

「若先生の御推量の通りでござんした」

佐久間家の近くの酒屋に、以前、よく島三郎が酒を買いに来ていたとわかって寄ってみると、佐久間家をやめた後、島三郎が身を寄せたのは雑司ヶ谷の本善寺だと知れた。

「そこの納所坊主が弟に当るそうで、早速、雑司ヶ谷まで行って参りました」

弟の話だと島三郎が帰って来なくなったのは今月十三日のことで、

「なんでも、いい奉公先がみつかったとかで侍のなりをして寺を出かけたきりだそうでして、畝の旦那のお指図で弟を連れて行きました」

仮埋葬してあった偽武石敬太郎の遺体を掘り出してみせた所、かなり傷んではいたものの、子供の時に炉端に落ちて大火傷をした跡が背中に残っていて、それで島三郎に間違いないと判ったという。

十三日といえば、「分梅川」に奥女中がやって来た日で、こちらも平仄《ひょうそく》が合う。

「となると、やはり奥女中はお国ですか」

源三郎が腕をこまねいたのは、さし当ってこれという証拠がないためで、それでなくとも相手は町方が手を出しにくい旗本の妻女であった。

東吾にしても、落付かなかった。

武石敬太郎は東吾を面詰した日からずっと軍艦操練所に顔を出していない。

もう一つ、心にかかるのは澄江のことで、もしも新三郎を頼って身を寄せたのなら、佐久間家へ来ている可能性もあろうかと長助が近所を訊ね廻ってみたが、どうもその様子がない。

「佐久間家へ来るのは無理でしょう。なにしろ三日にあげず武石どのの御新造が来ているそうですから、東吾さんの推量通りなら、とてもあの家には居られませんよ」

という源三郎も不安顔なのは、肝腎の新三郎がずっと屋敷にいることで、もしも、澄江がどこかに身をひそめているとすれば、新三郎が訪ねて行かない筈はないと考えるからで、

「ひょっとすると、殺されているということはありませんか」

と東吾にいい出した。

「お国が本当に怖い女だとすると、そういうことも考えられるが……」

殺したとして死体をどうしたろうと東吾は思案した。

「いくらなんでも、佐久間の屋敷の中に埋められまいし、武石家も無理だろう」

夜中に土を掘れば、家人に気がつかれるおそれがあるし、佐久間家のほうはろくに塀もない上に、近所と軒を接するほど、ごみごみした所に屋敷がある。

「どこか遠くへ運んで埋めるとか、川へ流すとか……」

いいかけた長助があっと思い出した。

「そういや、宮戸川に流れついた女の土左衛門は、まだ身許がわからねえと……」

今月十一日のことであった。

湯もじ一枚の無惨な姿で、首には荒縄が巻きついていた。

早速、こちらも投げ込み寺に埋めてあった死体が掘り出されて、「誰が袖」の番頭がまず呼ばれた。

「澄江様のようでございます」

失神しそうになった番頭が辛うじて答え、町奉行所から目付へ筋を通して、武石敬太郎に知らされた。

「武石どのは、澄江どのの遺骸をひき取られたそうですよ」

と源三郎が知らせて来たが、東吾はもうこの事件にかかわり合う気持をなくしていた。

畝源三郎にしても同様で、ことが武家だけに奉行所の上の者がそちらの筋と相談しながら始末をつけることになる。

武石敬太郎の屋敷に全く人の気配がしないが、と近所から訴えがあって、武石家の親類に当るのが命ぜられて屋敷の様子を検分した。

武石家は無人になっていた。

仏間と思われるところに、武石敬太郎が腹に短刀を突き立てて死んでいるのが発見されたのだが、妻女の姿はない。

大さわぎになっている最中、暇を出されて近所の娘の家に厄介になっていたという老女中がやって来た。

「澄江様の御遺骸を菩提寺に納めた夜に、旦那様と奥様が激しくいい争いをなさいまして……夜更けてから奥様が私の部屋へお出でになって、暇をやるから、すぐ出て行くようにと……それは怖しいお顔でおっしゃいまして……」

老女中は一目散に娘の家へ逃げて行ったという。

検分した武石家の親類からお上に訴えが出て、今度はお国の実家の佐久間家へ、明日、上役の屋敷に当主が出頭するようにと召喚状が出された。

佐久間家から火の手が上ったのは、その夜明け前のことであった。

火事は近隣の三軒に類焼して漸く消し止められ、佐久間家の焼跡から当主の元大夫とその妻女の焼死体がみつかったが、新三郎と、おそらく実家に身をかくしていただろうと思われたお国の姿はなかった。

「どうも、つけ火だとのことでございます。御検屍の話では、御当主の元大夫って方は体の動かない奥方を助け出そうとして火に巻かれたんじゃねえかっておっしゃったそうでして……」

長助がつくづく嫌だという顔で話し、東吾は耳をふさぎたくなった。

おそらく放火したのは新三郎か、お国か。召喚状をみた父親から難詰された上かも知れないが、両親まで焼き殺すというのは、もはや人間の所業とは思えない。

二度とかかわり合いたくないと思っていた東吾だったが、それから五日後、母方の叔父の法要が山谷の源寿寺で行われるのに、兄の代理として列席した。

仏事が終ったのが八ツ下りで、この季節、陽はもう夕刻の気配をみせている。

橋場から舟で帰るつもりで、寺ばかりが軒を並べている道を抜けて来ると、人が走って来た。

浅茅《あさじ》ヶ《が》原《はら》で男と女が心中していると聞いて、東吾はやはり聞き逃しには出来なかった。

町方が探しているというのに、まだ新三郎とお国はみつかっていない。

もしやという気持が心のどこかにあった。

浅茅ヶ原は冬景色であった。

草が枯れ、荒地には数本の雑木がかたまっている。

そのかげに男女が倒れていた。

近づくと、男は絶命しているが、女は胸許から血を流しながら苦しんでいる。

お国であった。

むこうも東吾に気がついたらしく荒い息を吐きながら体をむけようとする。

「動かぬほうがよい。動くと血が出る」

手拭を出して止血をしようとすると、お国が体ごと拒んだ。

「触らないで下さいまし」

唇を噛みしめて、倒れている男をみた。

「新三郎と死ぬつもりが、この人は意気地がなくて女一人を突き殺せなかった。あたしは間違いなく、この人をあの世へ送ってやりましたのに……」

差し違えたのかと、東吾は落ちている脇差を眺めた。新三郎の胸には短刀が柄許まで深く突き立っている。

「武石どのを殺害したのは貴方か」

訊くつもりもないのに、口が訊いていた。

「違います。夫は自分で死にました」

「何故です」

「私が、離縁を取って新三郎と夫婦になると申しましたら、仏間に走り込んで……」

「では、元大夫どのは……」

お国が凄惨な笑いを浮べた。

「父は……私に死ねと申しました。私は一日でも、一刻でも長く、新三郎と生きとうございました」

急に激しく咳込むと、口からおびただしい血があふれた。

「澄江どのは貴方が殺した。島三郎は新三郎どのが手にかけたのか」

「島三郎は、私に恋慕して……」

再び血を吐いて、お国はもう声が出ないようである。

お役人が来たぞ、という声が聞え、東吾は鏡池のほうからかけつけて来る定廻りの旦那らしい姿をみた。

もう、この場にかかずり合う気はなくて、さりげなく木立のかげから橋場のほうへ下りる。

渡船場で猪牙に声をかけ、乗った。

宮戸川は夕映えの中であった。

初春弁才船《はつはるべんざいせん》

一

この冬、江戸の人々、とりわけ酒に目のない旦那衆の間で大きな話題になったのは、十一月九日に品川に入津した新酒番船上念《じようねん》仁右衛門船についてであった。

新酒番船というのは文字通り、その年一番に早造りされた伊丹の新酒を積んで江戸へ運ぶ番船のことで、例年、西宮樽廻船問屋と大坂樽廻船問屋が合せて十艘前後の船を仕建《した》て、江戸到着の早さを競った。

いつの時代にも出来立ての新酒を一刻も早く飲みたい者は少くなくて、この新酒番船の競争に勝ち抜いて一番乗りをした船の酒は最高の価で取引され、忽ち売り切れてしまう。

従って、西宮、大坂問屋は囃子太鼓で出帆を見送り、迎える江戸問屋は固唾《かたず》を飲んでその到着を待ちかまえた。

「驚くじゃございませんか。西宮、大坂の両問屋が西宮から船出をさせたのが六日、それも風の具合が悪くて午《うま》の刻近くになっちまったというのに、一番船が品川沖へ姿をみせたのが九日の夜明け方ってんですから……」

新酒番船品川到着の瓦版も出た日の午下《ひるさが》り、大川端町の旅籠《はたご》「かわせみ」へ深川長寿庵の長助が顔を出して長広舌が始まった。

「六日の午の刻に出て、九日の夜明け方というのは、確かに早いね」

早速、話相手になったのは老番頭の嘉助《かすけ》で、傍には茶菓子を運んで来た女中頭のお吉が耳をそばだてている。

「新酒番船というのは、とにかく早さを争うから、大方、三、四日で江戸まで来るらしいが、今年の一番船は二日半かね」

「船頭も余っ程、嬉しかったようで、港へ入って来た時は赤褌《あかふんどし》の上から緋縮緬《ひぢりめん》の襦袢《じゅばん》をひっかけて踊りまくっていたそうで、出迎えた問屋の旦那衆から祝酒をもらって上機嫌だったとか……」

長助の言葉にお吉が溜息をついた。

「さぞかし、たんと御祝儀が出たんでしょうね」

「そりゃあもう、なんてったって、一つ間違えば板子一枚下は地獄っていう海を乗り切って来たんだからね」

「他の船はどうしたんだね。みんな順番に品川へ入って来たのか」

嘉助が口をはさみ、長助がぼんのくぼに手をやった。

「瓦版には、八艘船出した中の七艘までは十日の夕方までに到着したと書いてあったが……」

「あとの一艘は、どうなったんです」

とお吉が目をむいた。

「まさか、沈んでしまったわけじゃあ……」

「まあ、そんなこともあるまいが……」

嘉助が縁起でもないことをいうなとたしなめて、新酒番船の話はそれきりになった。

夜になって、主人夫婦の晩餉の給仕をしながら、お吉は早速、その話を蒸し返した。

「かわせみ」に今日一番の客が到着したせいでもある。

「二日半というのは早いな」

軍艦操練所に勤務しているから、東吾の反応はすみやかで、

「大体、上方から江戸へ来る樽廻船は十日ぐらいかけて航海をするものだが、新酒番船はそいつを三、四日で乗り切って来る。それが二日半で到着したとなると瓦版が出てもおかしくないよ」

と感心してみせた。お吉としては、大いに話し甲斐があったと嬉しくなって、

「普通十日もかかるところを、どうして三、四日で来られるんでございますか」

と訊いた。

「そりゃあ、帆を増やすからさ」

樽廻船のような大型の和船は総幅六十三尺、長さ七十尺もあるような帆を上げて走るが、新酒番船の場合は更に小さな帆をいくつも増やして帆走の性能を高くするのだと東吾は説明した。

「勿論、こういうことは当り前の船ではやらないよ。金もかかるし、第一、その船の持つ力よりも無理に早く走らせるというのは危険なんだ」

新酒をすみやかに江戸へ運んで市場に出すというのは一種の賭であり、早ければ早いほど話題になって酒の値も上る。

「江戸っ子の初物好きをあて込んだ商売のために、船乗りの射幸心をあおるというのは、俺はあんまり好きじゃあないよ」

お吉が大きくうなずいた。

「さいでございます。もし、早く早くと船を急がせたばっかりに難破でもしましたら……」

「まあ、船乗りもそれほど愚かじゃあるまいから、馬鹿な真似はするまいがね」

「そういえば、新酒番船の中《うち》、まだ江戸へ着かないのが一艘あるそうでございますが難破したのでは……」

おそるおそるお吉がいい、東吾は苦笑した。

「難破とは限らないよ。上方から江戸へ順風に乗って航海して来ても、途中で逆風に変って吹き戻されることもある。そうなると船頭の判断で再び江戸をめざすか、あきらめていったん上方へひき返すか、いろいろとある筈だ」

納得してお吉が台所へ下ってから、るいが訊ねた。

「上方から江戸までの船路には、難所がございますのでしょう」

「そりゃあ遠州灘と熊野灘だよ」

灘という字は氵《さんずい》に難と書く、と東吾はいった。

「つまり、海難の場所というわけで、古い船乗りなんぞは海の墓場などといっている。あの辺は西風や北風に吹きまくられることが多いから、どうしても東か東南の方角へ流されてね。下手に黒潮に乗ったりすると伊豆の島、御蔵《みくら》島や八丈島なぞに漂着する例が少くないんだ」

るいの顔色が悪くなったのに気がついて、東吾は慌ててつけ加えた。

「もっとも、俺が乗る船は樽廻船なんかと違って洋式の設備が整っているから、まず心配なことは何もないと思っていていいんだよ」

千春が無邪気に父親を仰いだ。

「麻太郎《あさたろう》兄様と波除稲荷《なみよけいなり》のところで大きなお船をみました。帆柱が三つもあって、白い帆が沢山、沢山ついているお船……」

東吾が娘の得意そうな顔を眺めた。

「それは公儀《おかみ》の軍船だよ。西洋の船を真似して造られたんだ」

麻太郎とよく遊ぶのかと東吾が訊き、千春の代りにるいが答えた。

「近頃、畝源太郎《げんたろう》さんと一緒に、築地の最上高麿先生の所へ通って国学を学んでいるそうですの。ここは通り道にもなるので、帰りにお寄りになって、この前は大きな船がみえるからと千春を連れて行って下さいました」

無論、子供達だけではなく、嘉助がお供をして行ったのだという。

「帆船は美しいからなあ」

女房へうなずきながら、東吾は内心で、いつから千春が神林麻太郎を麻太郎兄様と呼んでいるのかと気になっていた。

神林麻太郎は兄夫婦の養子であった。

形の上では、千春とは従兄妹《いとこ》になる。

従妹が、相手を兄さん呼ばわりするのは珍しいことではなかった。

だが、麻太郎が我が子と承知している東吾にしてみれば、そんな僅かなことにも心が動く。

で、さりげなくるいの顔を窺ってみたが、別にいつもと変りはなく、千春の口許を手拭でふいてやっている。

少くとも、「かわせみ」の夜は、穏やかに更けて行くようであった。

二

本所の麻生宗太郎が十五、六かと思われる若者を伴って「かわせみ」へやって来たのは十一月もあと僅かという、それにしては温かな一日がぼつぼつ暮れようという時刻であった。

「東吾さんは御在宅ですか」

と、出迎えた嘉助に訊いた声音が、いつもの宗太郎にしては少々重たげで、嘉助はなんとなく、これは厄介な頼み事に来られたのではないかなと推量した。

「ほんの今しがた、軍艦操練所からお帰りになられました」

と返事をすると、宗太郎は軽くうなずいて、そのまま考え込んでいる。で、

「こちらへお呼びして参りましょうか」

といってみたのは、ひょっとすると宗太郎の用件が、家族のいる前では話しにくいものかも知れないと気を廻したからだったが、ちょうどその時、台所のほうにいたらしい千春が暖簾のところから顔を出し、

「本所の小父様、お出でなされませ」

おしゃまな挨拶をした。

その声で、るいが続いて出て来て、

「まあ、ようこそ。どうぞお上り下さいまし。宅《たく》もちょうど戻りましたところで……」

愛想よくうながした。

嘉助がみていると、宗太郎はそれでもまだ迷ったような表情を浮べていたが、伴って来た若者に、

「お前は、こちらで待たせて頂きなさい」

といい、漸く雪駄を脱いだ。

「今日は思いの外、温かくて、庭の山茶花《さざんか》が沢山、開きましたの」

いそいそとるいが先に立ち、千春が、

「お父様、本所の小父様がいらっしゃいました」

と先触れして行く。

それを見送ってから嘉助は突立っている若者を帳場の脇の小部屋へ連れて行った。

そこは大火鉢にがんがんと炭火がおきていて五徳の上にかけた鉄瓶が湯気を上げている。

「かまわないから、火鉢の傍へお寄り」

傍にあった土瓶で、茶をいれてやろうかと思っているところへ、お吉がお盆に二人分の茶と饅頭の入った菓子鉢をのせてやって来た。

「お出でなさいまし」

ちらりと若者を眺めてから、さも用ありげに暖簾のところまで戻って行ってから、

「番頭さん」

と呼ぶ。

大方、若者の品定めだろうと気がついていて、嘉助はお吉の傍へ行った。

「随分、日に焼けているじゃありませんか。いったい、何をしている人ですかね」

果して、お吉は声をひそめていう。

「さてと、お吉さんの診立《みた》てはなんだね」

この季節には不似合いなほど、黒く焼けているのは嘉助も注目していた。それに、年齢の割に腕が太く、肩幅がある。小ざっぱりした木綿の袷《あわせ》の下は、おそらく筋骨隆々ではないかと推量出来た。

「お百姓ですかねえ」

お吉が首をひねり、嘉助は自信のある微笑を洩らした。

「俺は水夫《かこ》だと思うよ」

「なんですって」

「大川や本所の川を漕いでる分には、あそこまで力瘤が盛り上りゃあしまい。まず、弁才船《べんさいせん》かな」

「まさか」

「なんなら、お吉さん、賭けてもいいよ」

奥の居間では、東吾とさしむかいに座った宗太郎がいつもより口ごもりながら話し出した。

「わたしが今日、連れて来たのは航吉といいましてね。父親は樽廻船の船頭、母親は品川御殿山にある千種屋の隠居所に女中奉公をしているのです」

「千種屋というと薬種問屋の千種屋か」

「そうです」

「いつぞや、横浜で厄介をかけた店だな」

かれこれ一年も前、麻生宗太郎が横浜に医学書やら医療器具、西洋薬種などを買いに行く際、同行を頼まれて、ついでにお吉や深川の長助、それに八丁堀の畝源三郎の嫡男の源太郎や麻生家の花世までをひき連れて横浜見物をした。その際、宿をしてもらい、充分すぎるもてなしを受けた。

「千種屋は本店が江戸にあり、その他、大坂と長崎と横浜に出店を持っています。先代の内儀がまだ健在で、御殿山の別宅で暮しているのです。航吉の母親はもともと、その隠居に仕えていたのが、世話をする者があって岩吉という船乗りの女房になり、航吉が誕生したのですが、なにしろ、亭主は一年の大半を船に乗っている。母子二人で暮すのも心もとなかろうというので隠居が子連れで奉公に来てもよいと声をかけ、以来、親父の船に乗るようになるまで、ずっと御殿山のほうで働いていていました」

東吾が実直な友人の表情を眺めた。

「樽廻船の船頭だといったな」

「岩吉ですか」

「ひょっとして、こないだの新酒番船にかかわり合いがあるんじゃないのか」

「相変らず、東吾さんは勘がいいですね」

「二日《ふつか》と半日で大海原を乗り切って、赤い襦袢で踊ったって奴じゃなさそうだな」

「岩吉は、そういう性質《たち》の船頭ではありません」

「とすると、未だに到着しないって噂の船か」

宗太郎がつらそうな目をした。

「今年の遠州灘はかなり荒れたそうです。一番船、二番船に続いて五艘までは風の変る前に通りすぎたが、そのあとのは運悪く天気が悪くなって相当、苦労して品川沖へたどりついたと聞いていますが……」

最後の一艘、つまり、岩吉が船頭をつとめていた鹿島屋の船が未だに行方知れずになっている。

「遭難して漂流したか」

東吾が呟き、宗太郎がその顔をのぞくようにした。

「この季節、漂流すると伊豆あたりへ流されるそうですね」

「必ずしも、伊豆とは限らないが、遠州灘で風が変ったというなら、おそらく北風だろうな」

あいにく遠州灘には逃げ込めるような港がない。

「航吉が船乗り仲間から聞いたそうですが、御蔵島と八丈島の間にある黒瀬川に流されると帰ることが出来ないとか……」

宗太郎の言葉に東吾が合点した。

「そいつは黒潮のことだろう」

海流はいってみれば海の中の川であった。

「たしかに、伊豆のどこかの島に漂着しないと大海をひたすら流される。運よく外国の船がそのあたりを航海していて助けてくれるといいんだが……」

実際、そうした例は最近増えていて、半年、一年後にひょっこり外国船に送られて帰って来た者もいる。

「しかし、そうした僥倖《ぎょうこう》は稀でしょう」

「まあ、そうだな」

わかりました、と宗太郎は立ち上った。

「不愍《ふびん》ですが、航吉にその旨、話してやりましょう」

居間を出て行く宗太郎を送りがてら東吾もるいと一緒に店へ出た。

宗太郎の姿をみて、航吉が走り寄って来る。

で、東吾はつい、いった。

「あまり思いつめないほうがいい。漂流して十日でこの国のどこかの岸辺に流れつく船は滅多にないが、逆に安南だの高砂、或いはあめりかなんぞまで行ってしまって、一年近くも経って帰って来た話はあるんだ。お前がしっかりして、おっ母さんの力になってやらなけりゃいけない」

体格はよくても、まだ幼顔の残っている相手なので、はげますつもりでいったことだったが、若者は目を怒らせた。

「気休めなんぞ聞きに来たんじゃねえです」

宗太郎が制するのもかまわず、東吾の前へ出た。

「船乗りの家の者は一度、海へ出たら、いつ死んでも仕方がねえと覚悟は出来ている。おっ母も俺も、親父はもう帰って来ねえと承知しています。俺はここへ気休めを聞きに来たんじゃねえです」

穏やかに東吾は相手をみつめた。

「では、何しに来た」

若者の顔がまっ赤になった。

「俺の家は、祖父《じい》ちゃんも親父も船頭だった。俺もいつか必ず一人前の船頭になりてえ。ここの先生は、船のことにくわしい人だと千種屋の番頭さんに聞いたんで、いろいろ教えてもらいてえと思ったから……」

「そりゃあ無理だ」

苦笑して、東吾は上りかまちに胡座《あぐら》を組んだ。

「俺が乗ってるのは洋式の船だ。樽廻船とは船の仕組みが根本的に異るし、航海術も弁才船には通用しない」

若者の表情が子供っぽくなった。

「どういうところが違うんですか」

「どこもかしこもだ。お前にいうのは気の毒だが、弁才船というのは本来、内海を航海するために造られて来たので外洋には適さないんだ。大型船になるほど板と板を多く継ぎ合せるから、そこが弱点になる。荒天には波が入りやすく水船になりかねない。おまけに一本の帆柱と大きな横帆だ。順風ならよいが、風が変ると対応が難かしい。嵐にでも遭えば帆を下すだけではすまなくて帆柱を切り倒すことになる。舵も波にあおられて折れやすい。考えてみるがよい。嵐の中で帆柱も舵も失って、漂流して、漸く、風がやんだとしてもその船は自力で航海出来ないんだ。おまけに海を渡るに必要な計器を備えていない。測天儀も羅針盤も海図もなしでどうやって陸地のみえない大海原を越えて行くのだ」

いささかいいすぎていると気がついていたが、東吾には自分のいっていることが真実だという自信があった。

「それでなくとも、この国を廻る海域は天候が変りやすく、俺の知っているイギリス人の教官なぞは、魔の海だといっているよ。それほど危険な海をこの国の船乗りはよくあんな危なっかしい船で走っていると……」

若者の目から涙が吹き上げた。

「弁才船の悪口なら聞きたかねえです。俺の祖父ちゃんも親父も、弁才船の船頭だ。祖父ちゃんも親父も、俺にいったですよ。弁才船が港から港へ、米だの綿だの、塩だ、醬油だ、酒だ、味噌だと運んで行くから、みんなの暮しが出来るんだと……弁才船がよくねえ船だといわれたって、俺達の乗るのは弁才船しかねえ。樽廻船も菱垣《ひがき》廻船も北前船も、みんな弁才船じゃねえですか。俺達にはそれしかねえ。俺の親父は弁才船に乗って海に流されて……」

わぁっと声を上げて若者が「かわせみ」をとび出して行き、宗太郎が慌てて土間へ下りた。

「東吾さん、申しわけない。どうも、こんなことになるのではないかという気がしたんですがね」

また改めてと頭を下げて、若者の後を追って行った。

三

様子を見に行った嘉助が戻って来て、

「宗太郎先生がなだめながら、日本橋の千種屋さんまで送って行かれました」

と報告してから、東吾は居間へ戻ったが、何かが胸につかえたようで気分がよくなかった。

察しのいい女房は、こういう場合、なにもいわない。ただ、晩餉がすみ、千春を寝かしつけてから居間へ戻って来ると所在なげに炬燵の上に頰杖をついている東吾をみて、さりげなくいった。

「先程のお話で、あなたが弁才船とおっしゃいましたの、あれは千石船のことでしょうか」

東吾が猫板の上ですっかり冷えてしまった湯呑を取り上げた。

「そうだ。千石船のことだよ」

樽廻船も菱垣廻船も、およそ白帆をあげて海上を往来する船の大方が弁才船だと答えた。

「大和型と呼ばれる和船でね。弁才船《べざい》とも弁才船《べんざい》ともいうんだ。なんでそういう名がついたのかははっきりしないらしいが、とにかくお上の持船も大名家の船も今までは圧倒的に弁才船が多かった」

東吾が今まではといったのは、この節、幕府も大名家もこぞって洋式帆船の建造に取り組んでいるからで、更には汽船の建造も始まっていた。

けれども、それらは今のところ物資を運ぶ目的で作られてもいないし、使用されるには至っていない。

航吉がいったように、多くの庶民の生活必需品は弁才船によって運ばれている。

「私に難かしいことはわかりませんが、樽廻船が上方から江戸へ参りますのは、岸辺に沿って来るのでございましょう」

「そうだよ。大坂から紀伊水道を下りて熊野を廻り、あとは東海道に沿って進む。下田を廻って江戸湾へ入って来るので、天気がよければそう厄介なことはないんだ」

「そうしますと、お船からはいつも陸がみえている……」

「大体、そうだろう。船頭はみんな目じるしをよく知っている。俺達もそうだが海から見える山の恰好で、何山だとか、崖だの松原だの小島だの、何度も往き来をしていれば、自然におぼえられるものでね」

「晴れていれば、安心ということですのね」

「まあ、そうなんだが、実をいうと陸沿いには暗礁とか浅瀬が多いもので、それに加えて、風が出て来ると岸に近いほうが波が荒い。突風に吹かれて、岩に乗り上げて難破するなんてこともあるんだ」

「では、沖を参るほうが……」

「その場合もある。しかし、船頭は海図が読めないのでね」

航海には欠かせない海の地図はまだ一般には入手しにくいところもあるし、誰もが一見してわかるものでもない。

「腕のいい、経験の深い船頭ほど自分の勘に頼りがちでね」

漂流して方角がわからなくなると、東西南北など方角を記したくじを作って、自分がそれをひく。

「ひき当てたくじが北だとすると、この船は北へ向って進んでいると判断するというのだから、荒っぽい話だよ」

甘酒を運んで来たお吉が早速、話に加わった。

「海が荒れると、船頭さんは髪を切って御祈禱をするそうでございますね。どうぞ、嵐がおさまりますようにと……」

東吾が笑った。

「俺は一度も坊主になって帰って来なかっただろう。だから、ここの家の者は安心していていいんだよ」

その夜、船の話はそこまでであった。

東吾にしても、あまり「かわせみ」で海の上の出来事は話さない。洋式の船といえども嵐に遭えば危険が伴う。難破や漂流という事態がないわけでもない。東吾も練習船に乗っていて、けっこう危い思いはしているのだが、そんなことを「かわせみ」のみんなには知らせたくなかった。

翌日、東吾は軍艦操練所に出仕した。

ここは勤務の終るのが、やや不規則だが、この日は八ツ（午後二時頃）を過ぎて東吾が門を出て来ると、そこに航吉が立っていた。女連れで、

「おっ母です」

と航吉がいい、女は丁寧に頭を下げた。

二人の様子が、どうも東吾に話があって待っていたらしいので、東吾は深川の長寿庵へ連れて行った。正直のところ、これ以上、「かわせみ」で海難の話はしたくない。

長寿庵の二階へ落付くと、すぐに航吉が畳に両手を突いた。

「昨日は申しわけのねえことをいいました。おっ母に叱られて、なんのために千種屋さんにお願いしたのかと……」

悴と一緒に、母親も深く頭を下げた。

「どうか、御勘弁下さいまし。なりばかり大きくとも、まだ、からきし子供で……口のきき方も

わきまえねえもので……」

長助が自分で種物と酒を運んで来て、東吾は笑った。

「別に詫びることはない。俺にもこいつが昨日いったことはよくわかった」

折角だから、熱い中に蕎麦を食えと勧めると、母子は顔を見合せてためらったが、長助からも声をかけられて嬉しそうに箸を取った。

みていると、なかなか見事な食べっぷりである。

「あんた方は品川から来たのか」

御殿山の千種屋の別宅に奉公していると宗太郎から聞いていた。

「今朝、おっ母と品川を発って……千種屋さんで、軍艦操練所は午をすぎないと終らねえと教えてもらいまして……」

すると、母子はこの寒空に午すぎから東吾が退出して来るのを待っていたに違いない。

航吉が箸をおいて、東吾に向き直った。

「お願い申します。俺に西洋の船の扱いを教えて下さい」

長助からお酌をしてもらった盃を東吾は下へおいた。

「なんのためだ」

「西洋の船の智恵を、弁才船で生かしてえと思います」

虚を突かれた感じで、東吾は航吉を眺めた。

「そいつは悪くない考えだが……」

改めて母親へいった。

「三代続けて、悴を船乗りにすることはかまわないのか」

いうまでもないが、海へ出ればさまざまの危険がある。

「あんたは何人の子持ちなんだ」

うつむいたまま、母親が答えた。

「航吉一人でございます」

長助が一膝進めた。

「そいつは考えものだ。一人っ子ならなるべく傍へおいて……」

「この子の名前は航吉と申します」

畳の上に指で航の文字を書いた。

「なんですか、この字はかわらと読むそうで船底を作る厚い板のことだと、この子の父親が申しました」

たしかに、航《かわら》は弁才船の船底材で、これが船を組立てる基になっている。

「親がそういう名をつけて育てた子でございます。なにがあっても船乗りで一生を終えるなら後悔はございますまい。陸にいて、もし馬に蹴られて死ぬようなことがあったら、親も子も浮ばれないのではないかと……」

東吾が眼許を和らげた。

「成程、母子でそう考えているのなら……」

たいしたことは出来ない、とあらかじめ断った。

「西洋の航海術をそっくり弁才船に応用するのは無理だが、さまざまの知識を生かすことは出来るだろう。たとえば、海図を知るだけでも必ず役に立つ」

学ぶ気があるなら通って来い、といった。

「但し、それだけの暇があるのか」

航吉が泣きそうな顔でうなずいた。

「俺は親父と船に乗っていたので、親父が帰って来ねえことには、乗せてくれる船がねえです」

今は母親の許に身を寄せているといった。

「では、来られる時に大川端の俺の家へ来い」

千種屋の別宅での用事もあるだろうと考えて東吾はいったのだったが、航吉はそのまま母親と別れて「かわせみ」へついて来た。夕方まで東吾の教えを受け、品川へ帰る。

翌朝は夜明けすぎにやって来た。

「お前、本当に品川へ帰ったんだろうな」

と東吾はいったが、航吉の話だと今朝はしらじら明けに御殿山を出て、走って大川端まで来たらしい。

「嬉しくて……昨夜は眠れませんでした」

東吾が軍艦操練所へ行っている間は外廻りの掃除をしたり、薪を割ったりとこまめに働いている。そして東吾が帰って来ると一緒に机にむかって日が暮れるまで学ぶ。

それが三日も続いて、るいがいい出した。

「御殿山のほうにさしさわりがないなら、お泊りなさい。暗くなっての道中は心配だし、うちの旦那様は教えることが少しもお嫌ではなさそうだから……」

実際、東吾は夢中になって航吉に海図を教えていた。夕方、帰るのでは、はかが行かない。

航吉は嘉助の部屋に寝泊りするようになった。朝は嘉助と共に起き、出来るものはなんでもやりこなした。骨惜しみということが全くない。

「かわせみ」のみんなが驚いたのは、近くで家の改築をしている所があって、航吉はそこへ出かけては木片《こっぱ》の不要なのを一々、断りをいって拾い集めて来る。やがて小刀を使って作り出したのが小さな弁才船であった。

しっかりした船底から根棚、中棚、上棚と呼ばれる外板を組み合せて、ふっくらした船体を形づくっている。

「まあ、船っていうのは、こうやって造るんですか」

とお吉が感嘆している中に船首や船梁が出来上り、帆柱が立った。最後にはお吉から貰った綿布で帆が縫われ、千春の両手の上に乗るほどの大きさの弁才船が完成した。

「驚いたな。航吉は船の作り方まで知っていたのか」

流石に東吾が感心して、

「どこでおぼえたんだ」

と訊くと、

「餓鬼《がき》の時分から祖父《じい》ちゃんが船大工の仕事場へ連れて行ってくれたんで……」

毎日のように遊びに出かけて船の出来上るのを眺めていたという。その中に木片をもらって自分で小さな船を作ることをおぼえた。

「棟梁が俺をかわいがってくれて、いろいろ教えてもらいました」

だが、千春のために作ったこの船は久しぶりに手がけたものらしい。

「親父と一緒に船に乗るようになってからは、あまり暇がなかったんです」

千春は大喜びでその小さな弁才船を自分の机の上へ飾って飽きもせず眺めている。

「あいつ、真底、船が好きなんだな」

東吾にしても航吉に情が移って、教えるにも熱が入った。その分、万事にきびしくなって、時には台所のほうまで東吾が航吉を叱る声が聞えて来て、るいやお吉をはらはらさせたが、航吉は必死になって東吾の学習について行く。

「若いってのはいいもんだよ。まるで乾いた土に水がしみ込むみたいによく憶えるんだ」

十二月のなかばに近くなって、東吾がそっとるいにささやいた。

十五日のことである。

千種屋から番頭が「かわせみ」へ来た。

「航吉の親父の岩吉が生きて大坂へ戻りました」

早飛脚が知らせて来たものによると、岩吉の乗った鹿島屋の船は逆風に吹き戻され、漂流したあげく、四国の土佐沖へたどりつき、苦労して室津へ入ったという。

船は大破し、積荷の大方を失ったが、乗っていた者は全員無事で、土佐から大坂へ戻って来たと聞いて「かわせみ」の人々は大喜びし、女達は涙を浮べたが、航吉は泣かなかった。

「実は明日、品川を出て大坂へ向う船がございますそうで、鹿島屋さんのほうから、もし航吉が上方へ来るなら乗せてやってもよいとのことで……」

岩吉もさぞ家族に会いたいだろうし、悴も父親の顔がみたかろうという配慮であった。

「先生、行ってもいいですか。親父は俺の来るのを待っていると思う……」

航吉の言葉に東吾は大きくうなずいた。

「行ってやれ。それが一番だ」

一カ月に及ぶ漂流で、岩吉は心も体も疲れ切っているに違いない。

足許から鳥が立つように慌しく品川へ出かける航吉に、るいはかなりまとまった金を餞別として持たせ、千春はいつも首にかけている赤い守袋を取って渡した。

「これを持っていれば、嵐にはあいません」

航吉がぽろぽろっと涙をふりこぼし、守袋を頬に押し当てた。

四

航吉を乗せた船が品川を出帆してから、「かわせみ」の人々は落付かなくなった。

嘉助は夜明け前に起きると必ず大川の岸辺へ出て、西の方を眺め、そこで合掌する。

どうか無事に航吉が大坂へ着きますようにと海へ向って祈念するのであった。

お吉は朝、雨戸をくりながら空を眺め、

「今日も晴でございますよ。ああ、よかった」

と大声を出す。

「お吉さん、なんで、晴れているといいんだね」

板前が訊くと、

「お前さん、知らないのかい。若先生がおっしゃったんだよ。天気がよければ海は荒れないって……」

だから航吉の乗った船は今日も上方へ向けて穏やかな航海を続けているだろうと講釈をのべるのを東吾が耳にして、うっかり、

「いや、江戸が上天気だからといって遠州だの紀州だのが晴れているとは限らない。およそ天気は西から崩れるというから……」

などといってしまって、

「いけませんです、若先生。縁起でもないことを……鶴亀、鶴亀……」

と叱られた。

そして師走は急ぎ足に正月へ近づいた。

麻生宗太郎が「かわせみ」へやって来たのは暮も押しつまった二十九日の夜であった。

「たった今、千種屋で聞いたのですがね。初春一番の酒の荷を積んで鹿島屋の船が西宮を出たというのですが、その船頭が岩吉だと申すのです」

聞いた東吾が眉を寄せた。

「冗談ではない。岩吉は長い漂流から帰着したばかりではないか」

当然、数カ月の休養が必要であった。

「そこのところがよくわからぬのですが、どうも岩吉は自分からのぞんで船頭を志願したのではないかと千種屋ではいっています」

鹿島屋の持船と大事な積荷を台なしにしてしまったという気持が岩吉にあるとすれば、なんとか償いをしたいと考えるかも知れない。

「ここのところ、天気が悪い。それでなくとも今時分は海が荒れやすいから、船頭は二の足を踏む奴が多かったのかも知れないな」

大川のむこうの空を眺めて東吾も呟いた。

たしかに、この二、三日、北風が強く、江戸はちらちらと粉雪が舞うような空模様であった。

「鹿島屋の船は何日に西宮を出たんだ」

東吾が訊き、宗太郎が重く答えた。

「風待ちで出帆が遅れ、二十三日になったというのですがね」

「二十三日か」

胸の中で東吾は数えた。

航吉が品川を発ったのは十六日の早朝であった。

「大坂へ着いたか、入れ違いになったかだな」

新酒番船のような特殊な船ではないから、通常、早くても七日はかかる。

「それにしても、二十三日にむこうを発って、正月の酒に間に合わせようというのは、いささか乱暴だな」

順風で来ても、ぎりぎりであった。

「ここのところ、逆風ですよ」

それも強風で、大川にまで白波が立っている。

「岩吉が無理をしなければよいと思うのですよ」

この前のしくじりを取り返そうとして、また難破でもしたらと宗太郎は案じているようであった。

東吾にしても、同じ思いである。

宗太郎が帰った後に深川から長助が来た。早速、お吉が話したらしく、

「航吉の親父さんの乗った船が江戸へ向っているそうで……」

心配そうに東吾に訊いた。

「まさか、航吉は乗っていねえでしょうね」

「俺もさっきから、そいつを思案しているんだが……」

仮にぎりぎりに航吉が上方へ着いたとして、

「もし、鹿島屋の船が出帆すると知ったら、あいつは乗るんじゃねえかと思うんだ」

漂流から生還したばかりの父親が船頭をつとめて江戸へ向う船であった。

「あいつの気性からしても、必ず乗るだろうと俺は考えている」

長助の顔色が悪くなった。

「大丈夫でござんしょうか」

東吾が憂鬱そうにいった。

「この月の海は荒れやすいんだ」

大体、日本近海は秋から冬にかけて波が高い。

「皮肉な話さ。その季節に弁才船は一番、働かされるんだ」

米が収穫され、新酒の出来る時期であった。

その他、正月をひかえて諸国の物産が大坂や江戸に集る。

北前船は酒田から佐渡の小木、能登の福浦を通り、但馬《たじま》の柴山、石見《いわみ》の温泉津《ゆのつ》、長門の下関を廻って大坂へ入り、更に紀伊半島を迂回して伊豆の下田へ至り、江戸までやって来る。距離にして七百十三里の航海であった。

逆に東を廻って江戸へ来る航路もないわけではないが、海が荒れるのと運賃はむしろ西廻りのほうが安いので、大方がそちらをえらぶ。

「北前船の通る船路も荒天になりやすいんだ。大方は港へ入って天気が回復してから船出をするんだが、それでも難破は多いと聞いているよ」

上方から江戸への航路も似たりよったりであった。

「春から夏にかけてが天気が安定して、いい船旅が出来るんだが、あいにくその季節は、あまり積荷がないというからな」

「若先生がお乗りなさるような船なら、そういうことはございませんので……」

「ないとはいえないが、弁才船よりはずっと大丈夫に出来ている」

「早く、そういう船を造ったら、ようござんしたに……」

長助に東吾は返事をしなかった。

長い鎖国政策のために、幕府は遠洋航海の出来る船を造らせなかったのだとは、口に出来ない。

「その……航吉の親父さんの乗った船は、いつ、品川へ入《へ》えりますんで……」

思案しながら長助が訊いた。

「いつとはわからないが、まあ晦日には入らねえと商売には具合が悪いだろうな」

「明日でございますか」

浮かない顔で長助が帰り、東吾は外を吹く風の音に耳をすませた。

一夜あけて、風はおさまらなかった。

粉雪は止んだが、曇天で底冷えがする。

軍艦操練所は上官の挨拶だけで終った。

門を出たところから見渡せる海は灰色で、三角波が立っている。

「かわせみ」へ帰って来ると、部屋の中はもう正月の風情であった。

「長助親分が初日の出を拝みに品川へ行くそうですよ」

と、るいにいわれて、東吾は気がついた。

たしかに品川は初日の出を見物する人々が押しかける場所の一つではあったが、長助の気持の中には岩吉の乗った船、もしかすると航吉も一緒かも知れない鹿島屋の船が無事に品川へ入って来るのを見届けたい思いがあるに違いない。

それは、るいにもわかっているようであった。

神棚をみると波除稲荷の御神符《おふだ》が納めてある。

「さっき、嘉助とお吉がおまいりに行って来ましたの」

東吾の視線を追って、るいが教えた。

「みんなが、無事を祈っているんです。なんですか、胸が切なくなって来て……」

「風がやむといいんだがな」

熱い茶をすすりながら、東吾は目を閉じた。

荒天の中、大海を乗り切ろうとする弁才船の姿が瞼に浮んで来る。

こういう時はなるべく沖へ出て迂回するのが上策だが、弁才船にそれが出来るかどうか。

航吉は海図を見ているだろうかと東吾は祈るように思った。

「かわせみ」を発つ時、航吉は自分で手書きした何枚かの海図をしっかり懐中して行った筈である。

夕方、長助が蕎麦を届けに来た。

「これから、町内の連中と品川まで初日の出を拝みに行って参《めえ》ります」

商売のほうは女房と悴夫婦にまかせて行くのだとぼんのくぼに手をやった。

「きれいな初日の出が拝めるといいですね」

るいの言葉に何度も頭を下げ、そそくさと帰って行く。

風がやんだと東吾が気づいたのは除夜の鐘を聞いている時であった。

庭へ出てみると、晦日で月こそないが満天の星であった。

空はすみずみまで晴れている。

「この分だと、元日は上天気だぞ」

鹿島屋の船はこの夜空の下、どこまで来ているのかと思いながら、東吾は体が冷たくなるのも忘れて海の方角をみつめていた。

明けて元旦。

「かわせみ」では東吾が若水を汲み、それを神棚と帳場にある恵方棚《えほうだな》に供えると、家族、奉公人一同が集って合掌し、それから、るいのお酌で屠蘇《とそ》を祝い、年玉袋を頂く。

それが終ると、各々の持場へ戻って雑煮を祝う段取りなので、東吾が千春を伴って奥へ入りかけた時、暖簾の外に足音が聞えた。

「長助でござんす。只今、品川から……」

土間へ下りた嘉助と殆ど顔を突き合せる感じで、頭から湯気が立ちそうな長助がとび込んで来て、その背後から、

「先生……」

こちらも白い息を吐きながら航吉の顔がのぞいた。

「若先生、鹿島屋一番船、今暁、無事に品川へ到着致しましたんで……」

長助の目がきらきら輝き、うながされて、航吉が前へ出た。

「親父はまだ船に仕事が残って居りますんで、俺が一足先に正月の酒をお届けに参りました」

上りかまちに角樽をおき、深々とお辞儀をした。

「無事だったんですね。無事に品川へ……」

るいが叫ぶようにいい、お吉が手拭を目に当てる。

「一緒だったのか、親父さんと……」

東吾が訊き、航吉が大きく合点した。

「俺がむこうに着いたのが二十三日の朝でござんした。そのまんま、親父の船にかけつけて、一緒にとんぼがえりを致しました」

「道中はどうだった」

「あいにく、熊野灘へかかるあたりから風が変り出して……俺は先生に教えられた通り、思い切って沖へ出すよう親父に頼みました」

「親父さんは承知したんだな」

海上では船頭がすべての指揮権を持つ。仮に悴の申し出でも、納得が行かない限り受け入れはしない。

「俺は親父に海図をみせました。そうしたら、親父が象限儀《しょうげんぎ》を出したんです」

「なんだと……」

象限儀は測天儀のことであった。太陽や星の高度を計るもので、航海の必需品である。

「土佐で入手したんだそうで、俺は使い方を知らねえが、お前はわかるかっていいやがって……」

航吉はそれを東吾から習得していた。

「海図と磁石と象限儀が揃ってりゃ、陸がみえなくたって何てことはありません。親父は俺の頼み通り、船をぐんと沖へ出しました」

沖へ出るほど逆風のあたりは少くなって来る。

「先生、海図ってのは、てえしたもんでございますね」

ひたすら船を進めて来て、やがて左手に下田の港がみえて来た時は、夢のような気がしたと航吉は目をしばたたいた。

「いい具合に風が船を江戸湾へ入れてくれまして、あとはもう親父の采配通りでした」

東吾が航吉の手を摑んだ。

「よかった。おめでとう」

「ありがとうございます。なにもかも、先生のおかげで……」

懐中から赤い守袋を出した。

「何度もこれを拝みました。その都度、力が湧いて来て……」

長助が鼻をすすり、るいが気づいた。

「とにかく、上って下さいな」

すすぎを、と若い衆が走り、お吉が手拭を航吉に渡す。

「まず屠蘇だ。それから、今年一番の酒を汲みかわそう」

東吾が指図し、女中達が盃を運んで来る。

賑やかに酒が廻り、雑煮の膳が出て漸く常の顔色に戻った航吉は、

「これから千種屋さんへ挨拶に行きますので……」

疲れた様子もなく帰って行った。

その姿がみえなくなってから長助が打ちあけた。

「鹿島屋では三艘、他に住吉屋が二艘、合せて五つもの船が一緒に西宮を出帆したそうでござんすが、元旦に間に合ったのは、岩吉が船頭をつとめた一番船ただ一つで、こう申してはなんですが、一番船の積んで来た酒の価は天井知らずになるだろうと、品川で大評判でして……」

新酒番船での償いは立派に済んだと我がことのように喜んでいる。

「さてと、あっしも戻りませんことには……」

すっかり赤くなった顔を撫で廻して立ち上りかけた長助が、はっと気がついて懐中へ手を入れた。

「元旦早々、どじをやらかすところで……」

取り出したのは初夢の宝船絵であった。

「かわせみ」の全員の数だけ揃っている。

「晦日に蕎麦をお届けした時、こいつをおいて行くのをすっかり忘れちまいまして、品川まで持って行っちまったんでございます」

初夢の宝船の絵は、七福神を乗せた宝船が海上に浮ぶ図柄で、元日の夜、これを枕の下に敷いて寝ると一富士、二鷹、三茄子《なすび》の吉夢をみることが出来るという縁起物で、元日に、

「お宝、お宝」

と呼びながら売りに来るものだが、蕎麦屋でも日頃の得意客にくばる風習がある。

長助が帰り、るいは家族の分だけを取って残りをお吉に渡した。

「これで、やっといいお正月が来ましたね」

炬燵の上に頬杖を突いて、少しばかり眠そうな目をしている東吾へ笑った。

「貴方、お召しかえをして、兄上様の所へお年始にいらっしゃらないと……」

台所のほうからは、お吉が女中達に毎年、同じ講釈をしているのが聞えて来た。

「ここに書いてある歌はね、長き世のとおのねぶりのみなめざめ、なみのり船の音のよきかなと読むんですよ。どうしてこれが縁起がよいかっていうと、前から読んでも後から読んでも同じで終りがないからでね、ちょいとお力ちゃん、あんた読んでごらん」

廊下から嘉助が呼んだ。

「千春嬢様、猿廻しがまいりましたよ」

てけてけとんとんと、太鼓の音が聞え、千春がわあっと走って行った。

「かわせみ」の庭に、正月の陽がいっぱいに降りこぼれている。

辰巳屋《たつみや》おしゅん

一

大川端の旅籠「かわせみ」の庭にある梅の木は、まだ蕾が固いというのに、

「深川八幡様の境内の梅はもう三分咲きでございましたよ」

と、参詣に行って来たらしい滞在客が話したのが、女中頭のお吉には面白くなかった。

「大体、花なんてものは、一日中、陽の当る場所から咲くのが当り前じゃありませんか。早かろうと遅かろうと、梅になんの落度があるわけじゃなし」

流石にお客の前では口に出さなかったが、台所へ戻って来て、ちょいとした気炎を上げた。

で、たまたま、鉄瓶に湯を差《さ》しに来ていた番頭の嘉助が、

「深川っていやあ、この節、洲崎の水茶屋が馬鹿に景気がいいそうだね」

先だって深川佐賀町の長寿庵の長助から聞いたばかりの噂を請け売りした。

「驚いた。番頭さんのお年でも、まだ水茶屋の女の話が気になるんですか」

早速、お吉が憎まれ口を叩き、

「何をいってやがる。世間の噂に耳をすますのも、客商売の心得だい」

江戸へやって来た客から、この節、どこが面白いかと訊かれて、それ相応の返事をするのも、番頭の役目だと見得を切った。

たしかに「かわせみ」へ宿泊する客の大方は商用で江戸へ出て来るものだが、そのついでに名所旧蹟を見物したい、社寺に参詣したり岡場所をのぞいてもみたいというのも人情であった。

そうした場合、江戸に不馴れな客がまず相談するのが「かわせみ」では帳場をあずかる嘉助であった。

なんといっても分別はあるし、酸《す》いも甘いも嚙み分けている年輩で、頼り甲斐がある。嘉助も心得ていて、野暮はいわない代りに、場所によっては用心の必要を教え、時には祝儀のやり方まで伝授する。それを立ち聞きして来たお吉が、

「まあ、番頭さんったら、あんな顔をしていて、若い時分はどれほど女を泣かせたか知れやしませんよ」

と奥へ来て首をすくめる。

「かわいそうなことをいうなよ。今でこそこの店の帳場で好々爺にもみえるだろうが、昔は苦み走った男前で、肩で風切って歩いてたもんだ。なんたって鬼と呼ばれた定廻りの旦那の、腕っこきの若党さんだったんだ」

お吉にいってやりながら、東吾の瞼にはその頃の嘉助の姿が浮んで来る。

定廻り同心だったるいの父親の供をして、八丁堀の組屋敷を出て行く嘉助は颯爽としていて、八丁堀広しといえども、あれほど紺股引の似合う若党はいないだろうと今でも東吾は思う。

律義で几帳面で仕事にはきびしかったるいの父親が、その生涯に一度も叱ることがなかったという嘉助の日常はぴんと張りつめていたけれども、東吾が遊びに行った時だけは別人の顔をみせた。

「随分、嘉助に教えてもらったよ。凧の作り方、竹馬の乗り方、碁も将棋も嘉助に習った」

時には捕縄の扱い方まで、東吾が教えてくれといえば、喜々として熱心に面倒をみてくれた。

「親に内証で稲荷鮨の味をおぼえたのも、嘉助にねだって買ってもらったんだ。天麩羅も夜鳴き蕎麦も……」

「あきれた。それじゃ旦那様に買い食いの癖をつけたのは嘉助じゃありませんか」

るいが笑い出し、東吾は深川の長助の癖を真似て、ちょいとぼんのくぼに手をやった。

「考えてみると、あの時分の嘉助はまだ四十そこそこだったんだな」

東吾の口調にしみじみとしたものがあって、るいもうなずいた。

「光陰矢の如しって、昔の人はうまいことをいいますのね」

穏やかな夫婦のくつろぎの刻《とき》をぶちこわしたのは、例によってお吉で、

「まあ、うちの番頭さんもですけれども、竹の間のお客様、来年は還暦だなんておっしゃるのに、洲崎の水茶屋にお寄りなすったんですって……」

炭箱を持って戻って来るなり、顔中を口にした。

「おかしなことをおっしゃるんですよ。江戸の水茶屋の茶代は随分と高い。茶代が一朱というのは上方では聞いたことがないが、みていると、どなた様も一朱か二朱はおいて行く。たかが香煎《こうせん》一杯と茶一杯に、いくらなんでも法外ではないかなんてくどくどお言いなので、別に一朱おかなくともよろしいんでございます。お茶代なんてものはお心附《こころづけ》ですから五十か百か、まあお江戸ですから、それくらいはと申し上げたんです」

まくし立てるのに、つい、面白がって東吾が、

「洲崎あたりの水茶屋なら三分《さんぶ》も出せば二階だろう。一朱も二朱も出す奴は次は三分出すから何分よろしくって下心さ」

といってしまって、

「まあ、随分とおくわしゅうございますね」

女房から色っぽい目で睨まれた。

江戸の水茶屋は、もともとは上方と同じく神社仏閣の境内に出来た掛茶屋で、葦簀《よしず》張《ばり》の囲いの中に腰掛をおいたぐらいの粗末なものであった。店をやる者が朝出かけて行って商いをし、夕方には閉めて帰るといったものだったのが、若くて器量のよい茶汲女をおき、それをめあてに客が通って来るようになると、茶だけ飲んで帰るのは野暮な客、ありようはちょいと奥へ入ってねんごろにして帰る。岡場所よりも手軽で、そのくせ素人女を相手にするような高級感が人気を呼んで、吉原なら入山形《いりやまがた》に二つ星の最高の花魁《おいらん》こそ一両一分だが、その下の入山形に一つ星なら三分

でも買えようというのに、ちょんの間《ま》に三分を出しても水茶屋の女と遊びたい客が押しかけるので、町中に続々とそうした目的の水茶屋が店開きをした。

そうなると店も葦簀張ではなく一軒の体裁になって、入口こそ広く開け、表側は土間にして床几や腰掛を配置し、その上に絵筵《えむしろ》を敷き、座布団をおいて、中央の朱塗の竈《へっつい》のところにおいた真鍮の釜の湯で茶を出すようになっているが、奥にはいくつも座敷があり、二階にもその種の部屋がある。

客はまず熱々の香煎かゆかりのような香りのある湯を出され、次に適温の湯でいれた茶が運ばれる。気に入った女がなければそれで茶代をおいて帰るし、女と話し合いがつけば奥なり、二階なりに案内されるというのが、通常であった。

東吾が、

「三分もあれば二階……」

といったのはその故で、深川八幡前はもとより、鳥居の内の洲崎の茶屋と呼ばれるあたりまで、よりすぐりの美女をおいているという評判で江戸っ子の人気を集めていた。

無論、幕府は何回も禁制を出しているが、全く効果をあげていない。

「かわせみ」でそんな話があったせいで、それから数日後、東吾は八丁堀の道場の稽古をすませての帰り、組屋敷の中の畝源三郎の家へ寄ってみた。

源三郎は珍しく町奉行所から帰って来ていて、

「長助が蕎麦を打っているんですよ。上等の鴨肉が入りましたのでね」

鍋で一杯やりましょうと嬉しそうな顔をする。

「御新造は留守なのか」

いつもなら、まっ先にとび出して来る源太郎の姿もない。

「蔵前の店の二番番頭が還暦を迎えましてね。正月早々にでも祝いの席を設けてやりたいといっていたのですが、なにやかやで遅くなって、漸く今日、店中で祝膳を囲むそうです。子供達も行っていて、今夜はむこうへ泊ることになっています」

「成程、鬼の居ない間か……」

畝源三郎の妻、お千絵は蔵前の札差の一人娘であった。源三郎と夫婦になってからも、父親の代からの奉公人が気を揃えて商売を守って居て、お千絵も時折、出かけて帳簿をみたりしているし、源三郎も番頭達の手に余る相談事に力を貸している。

忠義者の老番頭の腹の中は、源太郎は畝家の跡取り息子だからどうにもならないが、下のお千代が然るべき年頃になったら、良い聟をみつけて札差業を継いで行ってもらいたいと考えているようであった。

源三郎が「かわせみ」へ若党を使に出し、東吾は久しぶりに友人の家の居間にくつろいだ。

「おい、こいつも久しぶりじゃないか」

と東吾が指したのは四角い大火鉢で、昔は冬になると、それを居間にすえてがんがんと炭火をおこし、鉄鍋をかけては鳥鍋だの湯豆腐などで酒を飲んだものであった。

お千絵が嫁に来て以来、この座敷の道具類はすっかり上品なものに変って、武骨な大火鉢はど

こかに片付けられてしまったと思っていたが、

「さっき、長助と二人で出して来たのですよ。鍋はこれに限ります」

源三郎が火加減をみているところへ、長助が鍋を運んで来た。もう台所で煮立てて来たらしく白く湯気が上っている。

「若先生とうちの旦那とは以心伝心って奴でございますかね。鴨が手に入った時から、旦那は今日あたり、若先生が八丁堀の道場の稽古日じゃなかったかと、しきりにお気になさってお出でだったんで……」

それなら「かわせみ」へひとっ走りお迎えに行って来ましょうと長助がいうのを、まあ、それほどのことでもないからといいながら、支度をしていたのだと長助が酒の燗をしながらいう。

男三人が車座になって、酒よし肴よしですぐに酔が廻った。

そこで、東吾が洲崎の水茶屋の話を出した。

「深川はなかなかの景気でございますよ」

早速、長助が膝を乗り出して来た。

「一頃《ひところ》は奥山のほうに人気を取られたなんぞとしょげ返っていましたが、この二、三年、どこの店も器量のいいのと、心がけのいいのと芸達者と、三拍子揃った女を集めまして、お客は正直でさあ、すぐぞろぞろと戻って来て、この節、人気のある女は二、三度、茶代をはずんだからといって、なかなか口説き落せねえとか。それが又、評判になって客が押しかけるてなもんです」

「一番、繁昌しているのは住吉屋か花車か」

「その二軒は老舗でございますから……ですが、近頃は辰巳屋がよろしいようで……」

「人気のある女は誰だ」

「辰巳屋のおしゅんでしょうか」

「錦絵が出たのか」

水茶屋の女が評判になるのは、大方、錦絵になってのことであった。

明和の頃の笠森おせん、柳屋お藤などがそのいい例で、人気が出たから錦絵になったのか、錦絵になったから評判になったのか、なんにしても水茶屋の女と錦絵は切っても切れない関係にある。

長助がちょいと首をかしげた。

「辰巳屋のおしゅんってのは、どうも、そういう女じゃございませんようで……」

「器量よしじゃないのか」

と東吾。

「いえ、器量はよろしゅうございますが……」

なんといったものかと長助が迷い、すかさず、源三郎が代りに答えた。

「要するに素人くさいのですよ」

「なんだ、源さんも知っているのか」

「店先で、みかけたというだけですがね。ああいう所の女らしくない感じがしましたよ。素人娘というか、嫁入りしたばかりの若女房といった……」

「定廻りの旦那は粋なもんだぜ。水茶屋の女の品定めまでするんだから……」

東吾が憎まれ口を叩き、長助が慌てて手を振った。

「おしゅんの人気は、つまり、その、いい女なのに、つんとした所がねえってんで……ああいう稼業の女は売れ出しますと自分では茶を汲まねえもんですが、おしゅんにはそういうことがねえそうで、必ず自分で茶をいれて運んで来るんです」

「驚いたな、長助まで骨抜きにされてるのか。いい女のいれてくれる茶は、さぞかし旨いんだろうな」

源三郎が笑い出した。

「羨しかったら東吾さん、話の種に一度のぞいてお出でなさい。三分出せとはいいませんが、一朱で顔が拝めりゃ高くはないと客はいうそうですから……」

「奥方が留守だと思って、よくいうぜ」

わいわいと独り者の時代に戻って酒がまわり、東吾にしては銘酊して「かわせみ」へ帰った。

二

お吉が気にしていた「かわせみ」の庭の梅が満開になって間もなく、るいは千春を伴い、お吉を供にして亀戸《かめいど》天神へ参詣に出かけた。

境内の梅が見頃ということもあったが、本当の目的は天神社で雷除《かみなりよけ》の御神符を買い求めるためであった。

るいは子供の頃、近くの大樹の下で雨宿りをしていた人が雷に当って死ぬのを目撃して以来、雷に対する恐怖心が強い。

天神社が雷除の御神符を出すのは、その昔、菅原道真が死後、雷となって怨敵、藤原時平をなやましたという俗信から来たもので、世の中に雷好きはまず居ないだろうから、参詣の人は大方、この御神符を授って行く。

社前にぬかずいてから、社務所で御神符を買い、白梅紅梅の香に包まれて花見をすませ、待たせておいた駕籠の所へ戻って来ると、何やら人が騒いでいる。

「でっけえ子がちっちぇえ子を、川へ突き落したんで……」

天神橋の方角を指して駕籠屋が教えた。

十間川沿いに人が黒山のように集っていて、川には舟が出ている。

「いったい、なんだってそんなことを……」

とお吉が訊いたが、駕籠屋が見たのは五、六人の子供が小さな子を取り巻くようにして川っぷちへ追いつめて、その中の一人が棒のようなもので胸を突き、突かれた子がまっさかさまに川に落ちたところだという。

子供達はわあっと逃げてしまったが、駕籠屋のようにその様子を目にしていたのが何人もいて、すぐに落ちた子を助けようと近くにもやっていた舟を呼んだり、威勢のいいのは川へとび込んだりしたらしい。

子供は助け上げられたようであった。

近くの医者にでも運ぶのか、男達が子供を抱えるようにして岸辺を走って行く。

「この寒空に……無事だとよござんすが……」

みたところ、十歳にもならない小さな子だったと駕籠屋がいい、るいは千春を膝にのせて駕籠に乗った。

「お母様……」

駕籠が動き出してから、千春がいった。

「あの子、泳げなかったのでしょうか」

「泳げても、今は寒いから、水は氷のように冷たくて、その中に落ちれば手足がしびれたようになって大人でも泳げなくなるそうですよ。千春も気をつけないと……」

「でも、あの子は自分で落ちたのではなく、突き落されたのでしょう」

「悪いことをする子がいるものですね。もしものことがあったら、どうするつもりなのか……」

千春が身慄《みぶる》いをした。

「あの子、死にはしませんよね、お母様……」

「ええ、大丈夫とは思いますけれど……」

同じ子を持つ親としては、そう願わずにはいられなかったのだが、大川端へ帰って来ると、

「若先生がお帰りになって、亀戸天神へお出かけだと申しましたら、そのあたりまで迎え旁《かたがた》、行ってみようとおっしゃいまして……」

行き違いになったかと、困ったような口ぶりで嘉助が告げた。

「ようございます。私がみて参ります」

女中のお石が元気よく走って行って、るいは千春と居間へ入った。

川へ落ちた子供のことが気にかかっているせいか、ひどく疲れたような感じがする。

千春に着替えをさせたところに、お吉が甘酒を運んで来た。

「お風邪をひくといけませんから……」

声にいつもの威勢のよさがないのは、やはり、いやな出来事に遭遇したという気持があるせいらしい。

お石が障子の外へ来た。

「若先生にはお会い出来ました。でも、川へ落ちた子供さんのことで、長助親分がとび廻っているので、ちょっと様子をみてくるとおっしゃいまして……」

るいが小さく歎息し、お吉が代って、

「ありがとう。御苦労さん」

とお石をねぎらった。

遠出にくたびれたらしい千春があくびをし、お吉が昼寝につれて行ってから、るいも着替えた。

雷除の御神符を神棚へ供え、長火鉢の前へ戻って来た時、東吾が帰って来た。

「申しわけございません。わざわざ迎えに来て下さいましたというのに……」

るいが頭を下げ、

「なに、永代橋を渡ったところで通行人が亀戸のほうで子供が川に落ちたらしいというのが耳に入ってね。まさか千春とは思わなかったが、とにかく行ってみようと走り出したら、長助と出会ったんだ」

立ち話をしているところへ、お石がやって来て、るいや千春は無事に帰宅したとわかってほっとしたと東吾は苦笑した。

「だが、本所深川には俺の知り合いの子が何人もいるから、念のためと思って長助と永代寺の先まで行ったら、町役人《ちようやくにん》が来たんだ」

そこで、おおよそのことがわかったので、長助と別れて戻って来たのだという。

「私達、天神橋の近くで、子供さんが助け上げられるのをみたんです。ずっと気になってしまって……」

どこのお子さんだったんですか、というるいに東吾は首を振った。

「突き落したのは荘吉という悪餓鬼だそうだ。落されたほうは、そいつに始終いじめられていた奴ではないかといっていたがね」

名前までは町役人もいわず、東吾も訊ねなかった。

「命に別状がなければようございますが……」

「長助もそういいながら町役人と行ったよ」

あやまって落ちたのならともかく、加害者がいることであった。

「万一の時は、子供の喧嘩ではすまされないからな」

「無分別をしますね。この季節に川へ突き落したら、どうなるかぐらい、子供でもわかるでしょうに……」

るいが眉をひそめ、東吾もうなずきながら羽織を脱いだのだったが。

三

翌日、なんとなく気になって軍艦操練所の帰りに深川へ足を伸ばした東吾は、長寿庵の長助から川へ落ちた子が死んだことを知らされた。

「実は、その子の姉さんが来ているんです」

長助の視線の先に、小柄な女の子がいた。

愛くるしい顔だが、きかない目がきっと東吾のほうをみつめている。東吾がその前へすわると、

「お役人様ですか」

しっかりした声で訊く。

「俺は八丁堀の旦那じゃあないが……ここの親分とは友達でね」

長助がぼんのくぼに手をやって、慌ててお辞儀をした。

「この子は、川へ落ちた金太の姉で、おりんと申します」

と長助がいったとたんに、

「金太は落ちたんじゃありません。荘吉に突き落されたんです」

怖れ気もなく、きびしい調子で訂正した。

「お前、年齢《とし》はいくつだ」

東吾が訊くと、

「あたしの年齢を訊いてどうするんです」

傍にいた長助が何かいいかけるのを東吾は目で制した。

「別に悪気があって訊いたわけじゃない。態《なり》はちっこいのに、しっかりした口をきくから、ちょっと訊いてみたくなったんだ。いいたくなけりゃいわなくたっていい」

「十四です」

相変らず睨むように東吾を見据えて、きっぱり返事をする。

「あんたは、弟の金太が荘吉に突き落された時、どこに居たんだ」

穏やかに、しかし、きっぱりした口調で東吾が訊ねると、はじめておりんが僅かに目を伏せた。

「うちの前の井戸端で洗いものをしていました」

「弟が川へ落されたのを、どうして知った」

「近所の子が知らせに来て、その子のあとから同じ長屋の虎吉さんも、金坊が荘吉に川へ落されて、船頭が助けて近所の医者へ運んだって教えに来てくれました」

「それで、お前はどうした」

「虎吉さんが姉ちゃんに知らせるっていうんで、あたしは天神橋のほうへ走りました。途中で鳶の頭《かしら》が、こっちだってお医者さんの家へ連れて行ってくれましたけど……あたしが行った時、金太は……もう……」

声が慄えて、涙がすっと頬を伝わった。

東吾は懐中から手拭を出しておりんに渡したが、おりんは受け取らず、前掛で乱暴に顔をこすった。

「つらいことを訊いてすまないが、金太が荘吉に突き落されたのは、たまたま喧嘩でもしたのか、それとも、他に何か心当りがあるか」

東吾の言葉に、おりんは再び激しい視線をぶつけて来た。

「金太は十歳《とお》です。荘吉は十六です。喧嘩なんかするわけないじゃないですか。荘吉は前からあたし達を憎んでいたんです。だから、荘吉に呼ばれても行っちゃいけないっていってたのに、行かないとよけい殴られるからって……あたしがちょっと目を離したすきに連れて行かれちまったんです」

「お前達が荘吉に憎まれる理由はなんだ」

おりんが唇を嚙みしめた。それっきり口を開かない。

長寿庵の暖簾をくぐって、初老の男と若い女が入って来た。

女は洗い髪で化粧っ気もなく、縞の着物に繻子の帯を締めている。そんな恰好に不似合いなほど楚々として、しかもしっとりした落付きがある。が、流石に表情はとり乱していた。

「おりん……」

と呼んだ声に悲痛なものがある。

「堪忍して……あたしが悪かった……」

よろよろとおりんがその言葉に反応するように立ち上り、女にすがりついた。声もなく涙がとめどもなく流れ落ちる。

「手前は辰巳屋の主人、市兵衛と申します。これは、おしゅんでございまして、金太の姉に当りますので……」

東吾と長助を交互に見た。

「金太の遺骸が冬木町の家へ帰って参りまして、それで、おしゅんがおりんを迎えに来ましたので……本所の亀三親分のお許しを得て参りましたんですが、二人を帰してもようございましょうか」

長助がちょっと嫌な顔をした。

「俺は別におりんに用があってひきとめていたわけじゃねえ。この子が俺にいいてえことがあるといってやって来たんだ。勘違えをしねえでおくんなさい」

おしゅんが妹にささやいた。

「一緒に帰っておくれ。金坊が待っているから……」

かすかにおりんがうなずき、長助をふりむいて丁寧にお辞儀をした。

「どうも、おさわがせしてすみません」

東吾と長助がみていると、辰巳屋の亭主が姉妹をうながすようにして長寿庵を出て行った。

「どうもいけませんや」

改めて長助が店の奥へ案内して東吾にいった。

「荘吉って子には、ちょいとばかり厄介な理由《わけ》がありましてね。本所の亀三あたりが動くと、こいつは有耶無耶《うやむや》にされかねません」

「亀三というのは、たしか緑町の女郎屋の亭主だったな」

「へえ、定廻りの宮本様から目をかけられて、お手札を頂戴して居りますんで……」

女郎屋の亭主が町奉行所の役人の手先になるというのも、考えてみればおかしい話だが、岡場所というのは、とかくわけありの客が舞い込んで来るし、兇状持のかくれ場所にもなる。そのあたりを逆手にとって、お上が手足に使うというのも、よくある方法であった。

もっとも、長助が属している畝源三郎などは、悪をもって悪を制するという方法を好まない。

「荘吉にわけありというのは、どういうことなんだ」

長助の女房が気をきかせて運んで来た熱燗を遠慮なくもらって東吾は盃を干した。冷えた腹の底にゆっくり酒がしみ渡って行く。

「荘吉の父親と申しますのは、もともとは庄七という大工でして……」

若い中から大酒飲みで始終、女房子を泣かしていたが、とうとう仕事先で腕に大怪我をしてしまった。

「右手がきかねえんじゃ大工はつとまりませんで、その頃、十六、七だった娘が吉原へ身を沈め、その金で養生をするという情ねえ始末だったんですが」

俗に瓢箪から駒が出るというか、吉原の見世へ出たとたんに西国大名の江戸御留守居役の目に止った。

「けっこう羽振りのいいお方だったとみえて、落籍《ひか》せて囲い者になすったんだそうです」

娘の縁で親許にも相応の仕送りがある。

「庄七は楽隠居、女房はだいぶ前に死んでいますんで、下の荘吉って子と二人暮し、それまでの長屋を出まして一軒家を持ち、下女の一人もおこうって結構な身分になりました」

東吾がうなずいた。

「荘吉が人殺しをしても、姉の旦那の縁で金が動くってことか……」

「人殺しじゃございませんが、前にも似たようなことがありましたんで……」

荘吉が幼い女の子を手ごめにして半死半生にした。

「親が町役人つきそいでお上に訴えるってことでしたが、いつの間にか立ち消えまして」

あとから、金で解決をしたのだと噂が聞えて来たという。

「ところで、おりんって子が、荘吉は自分達を憎んでいるといっていたが、あれは何だ」

東吾に訊かれて、長助は顔をしかめた。

「こいつは世間の噂なんですが、庄七の奴はいい年をして辰巳屋のおしゅんにのぼせ上ってけっこう入れあげているそうで……悴の荘吉にしてみたら、そういった親父が忌々しい。そのとばっちりで……」

「成程、親父から金を絞り取っている女の妹と弟ってことなんだな。手前らが楽な暮しをしているのは、誰のおかげだって量見か」

長寿庵へおりんを迎えに来たおしゅんが、自分が悪いと泣いたのは、そのせいだったかと東吾は納得した。

「ですが、誰が悪いといえば、庄七が悪いので、別段、おしゅんがだまして金を取ったというわけでなし、水茶屋の女に血道を上げるのは客の勝手ってもんでござんしょう」

長助が口をとがらせ、東吾が笑った。

「いい女は得だな。何もいわなくとも世間が贔屓《ひいき》をしてくれる」

蕎麦を運んで来た長助の女房が首をすくめた。

「若先生のおっしゃる通りですよ。深川の男はどいつもこいつもおしゅんちゃんのことになると目の色が変るんですから……」

「何をいってやがる。そんなんじゃねえや」

長助がまっ赤になってどなり、女房のおえいはくすくす笑いながら、東吾のために箸を取って渡した。

それから三日後、東吾は日本橋川の袂で町奉行所から帰って来た畝源三郎に出会った。

「東吾さんは先日、長寿庵でおしゅんに会ったそうですね」

といわれて、

「そういえば、あの一件はどうなったんだ」

お上は荘吉を処分したのかと訊くと、源三郎がゆるく首を振った。

「当事者の間で話し合いがついたそうで、子供の喧嘩が昂じて一人が川へ落ちて死んだ。やった子の親がまことに申しわけなかったと、かなりまとまった金を包んで内済にした模様です」

「やっぱり、そうか」

「金で人の命は買えません。しかし、遺族がそれで承知したとなると、お上も野暮はいえませんし、必ずしも咎人《とがにん》を出せばよいというものではないのですが……」

「おしゅんにとって、庄七というのはいい客なんだろうな」

「まあ、そういうことでしょうな」

水茶屋の女にとって、自分に惚れて通って来る客は財産のようなものであった。

「辰巳屋もなかに入っていろいろ口をきいたといいますから、そこの抱えになっている女の立場では、そう強いこともいえないのでしょう」

「源さんも、おしゅんの贔屓か」

「人のしがらみというのは厄介なものですからね」

殺した子も殺された子の肉親も同じ深川で暮している。

「長助は、おしゅんに他の土地へ行って働くよう勧めたといいますが、折角、洲崎の茶屋で人気が出たのに、他へ行って同じように売れるとは限りませんからね」

人気稼業であった。売れてこそ花で、客足が遠のけばそれっきりであった。一朱、二朱はおろか、五十文の茶代も稼げはしない。

「かわせみ」では東吾より一足先に天神橋の殺人が一件落着したのを知っていた。

お吉が長助の下っ引に聞いて来たからで、

「まあ、なんてことでしょう。将軍様のお膝元で人殺しがまかり通るなんて……」

蛙のように頬をふくらませて立腹している。

「いくら、金がものいう世の中だって、自分の弟が殺されたのに、お金をもらって、はい、わかりました、世間様には黙っていましょう。お上にも訴えませんなんて、おしゅんって女は鬼か蛇ですよ。そんな女をなんで男はちやほやするんだろう」

と頭から湯気の立ちそうな案配である。

お吉ほどあからさまに口には出さないものの、たまたま、その殺人の場に行き合せていただけに、るいも、

「殺《なく》った坊やがかわいそうですね。花も実もある一生を失って、どんなに口惜しかったか。親御さんが生きていたら、どれほど悲しまれたか、他人事《ひとごと》ながら涙が出ます」

と東吾に訴える。

「源さんも、金で人の命が買えるかといっていたよ。しかし、仮にお上が荘吉を捕えて打ち首にしたところで、死んだ子は生き返って来やしないんだ。そこのところが、なんともやり切れねえんだなあ」

「荘吉って子は、どうなんでしょうか。人を殺したことをすまなかったと後悔しているならまだしも、憎い奴をぶっ殺した、いい気味だとふんぞり返っていたら、出かけて行って川へ突き落してやりたいですよ」

逆上気味にお吉が叫び、東吾はなだめるのに汗をかいた。

考えてみると、お上の裁きがあればお叱りを受けて怖い思いもし、役人から人の道について諄々《じゅんじゅん》と説き聞かされ、人の命の重さ、大切さについて少しは理解もしようし、自分がしでかした

ことを後悔する気持になるかも知れないが、親がかけ合って金でことをすませてしまったのでは、その機会も持てなかったわけで、荘吉という子が果して前非を悔いているか甚だ心もとない。

そのあたりを思うと、死んだ者貧乏、になりかねないと東吾も暗い気持になった。

四

人の世の事件を他《よそ》に、春は例年の如く一日ごとに寒気を追払って「かわせみ」の庭にも鶯の囀りがさわやかに聞える。

その日、東吾が軍艦操練所を出たのは、いつもより遅かった。

とはいえ、日永くなって来ているので大川沿いの道はまだ充分に明るい。

春の陽がふりそそいでいる河口のむこうには江戸湾が広がっていて、釣舟が二、三艘浮んでいるのが如何にものどかであった。

鉄砲洲稲荷のところまで来ると、参道から女が出て来た。むこうが東吾をみて小さく声を立て、すぐに腰をかがめてお辞儀をした。

今日は洗い髪ではなく潰《つぶ》し島田《しまだ》に結っている。

「ああ、あんたか」

見違えそうになって、東吾は苦笑した。

相手は洲崎の茶屋で一番の売れっ子といわれている女である。

「辰巳屋のおしゅんでございます。その節は御厄介をおかけ申しました」

改めて名乗られて、東吾は少々、意外に思った。

畝源三郎の話だと、長助が勧めて深川ではない土地へ移るよう骨を折った筈である。

「あんた、今も辰巳屋にいるのか」

つい訊いたのは、仮にも自分の弟を殺した子の父親と、まだかかわり合いを持っているのかと内心、不快だったからでもある。

「他に行く所がないんです」

東吾の気持を察したのか、憮然とした返事であった。

「辰巳屋に借金があるのか」

「弱い尻尾を摑まれているもんですから……」

「ほう……」

あまりかかわり合いになりたくないと思い、東吾が歩き出すと、おしゅんもついて来た。

帰り道は同じ方角になる。

「そこのお稲荷さんは水の神様だって聞いたんですけど、間違いはありませんか」

訊いた声が馬鹿に真剣であった。

「水の神様かどうかは知らないが、波除稲荷というからには水難よけの御利益があるんだろう」

「そうですか」

少し間をおいて、つけ加えた。

「行者さんがいったんです。水に溺れて死んだ者はあの世へたどりつくまで水の中を渡って行かなけりゃならない。だから水の神様にお供物をして無事に行けるようお願いしないといけないって……」

金太のことだと東吾は気がついた。

「それでお詣りに来ているのか」

「三、七、二十一日ってことなんですけど、今日でまだ十日。あの子は泳げなかったから、さぞ苦しい思いをしているんじゃないかとつらくって……」

高橋の上から海をふりかえるようにした。

「そんな思いがあるのなら、深川を出たほうがよくはないか。辰巳屋の亭主だって、あんたの立場はわかる筈だ」

「あの人は庄七に丸めこまれていますから。あたしを他の土地へ出すなといわれて金をもらっているんですし、ああいう茶屋の主人は抱えてる女に客がついてる中は放さないものだっていいますよ」

どこか他人事のような口ぶりが、東吾の癇《かん》に触った。

「だからといっていいなりになることはない。要はあんたの心次第だと俺は思うが……」

おしゅんの足が止った。ふりむいた東吾の目の前に、追いつめられたような女の顔がある。

「三十のなかばになっていて、二人の子の母親だったってことをばらされたら、どこの水茶屋だってやとってくれやしませんよ。お客だって、あきれて笑っちまう……商売なんぞ出来やしませんよ」

東吾があっけにとられた。

どうみても、二十そこそこであった。初々しくて、世間知らずのおぼこだといっても通用しそうなおしゅんの容姿から、三十代の二人の子持女を探り出すのは難しい。

「そうすると、金太は……」

「あたしの産んだ子です。おりんと父親は違いますけど……どっちもあたしの子なんです」

「二人の子は、それを知っているのか」

「知ってますとも、あたしがお乳をやって育てたんですから……」

あいた口がふさがらない感じで、東吾は相手を眺めた。これだから、女は化け物だと思う。

「よして下さいよ。若先生、そんなに見ないで下さい」

おしゅんが歩き出した。

裾を蹴散らすような乱暴な歩き方をしてみせても、やっぱり、少々、おきゃんな娘としか見えない。

「母親が我が子を殺されたんですよ。憎いですよ。口惜しいですよ。辰巳屋になんぞ居たくもない。でも、辰巳屋を出たら、どうやっておりんを養って行けるんですか。母子《おやこ》二人、どうやって……」

ずんずん遠ざかるおしゅんを、東吾は途方に暮れて見送った。

おしゅんの秘密を、東吾は「かわせみ」でも、また、畝源三郎や長助にも話さなかった。

それが、成り行きで女の打ちあけ話を聞いてしまった男のけじめだと考えたからである。

金太が突き落されて死んだ十間川に架る天神橋からさして遠くもない押上村の畑の中で首を絞められて死んでいるおりんが発見されたのは、その翌日のことであった。

ぼつぼつ畑の土を掘り返そうとやって来た百姓はおりんの顔を知っていた。

「毎日のように、天神橋のところへ来て、川を眺めて泣いていたんですよ。近所の者が、あの子の弟があそこの川で死んだって教えてくれたんで、不愍な話だと眺めて通ったものでしたが、まさか、うちの畑で殺されていたとは……」

おろおろと訴える百姓の知らせを受けた押上村の町役人は、本所の亀三ではなく、深川まで使をやって長寿庵の長助へ届け出た。

で、早速、長助がかけつけ、畝源三郎の出番となった。

「かわせみ」へ長助のところの若い衆が来たのは夕方で、東吾はすぐ深川冬木町へかけつけた。

長助と出会ったのは、仙台堀の岸を海辺橋の袂まで来た時で、日頃、温厚な男が血相を変えている。

「下手人は荘吉だってことがわかりました。悪餓鬼仲間をひっぱたいたら、すぐに白状しやあがって……。畝の旦那は庄七の家へ向われましたんで、あっしはそこの正覚寺に昵懇の坊さんがいるもんですから……」

この前の金太の時も頼んでお経を上げてもらったのだという。

「おしゅんはどうしている」

東吾が聞いた。

「辰巳屋へ知らせをやりましたんで、とんで帰って来まして、近所の婆さん達がおりんを湯灌場へ運んで清めてやるってことで、一緒に行ったと思います」

という。

長助と別れて東吾は冬木町の長屋へ行った。

おりんの遺骸はまだ戻って来て居らず、長屋の住人達が井戸端に集って、ひそひそ話をしている。

おしゅんの家は長屋の一番奥で六畳に三畳の板の間がついているのは、このあたりの長屋の中では上等のほうであろう。

家財道具はたいしたものもないが、小机の上にまだ新しい位牌がのせてあって、その前にぼた餅が供えてある。

金太という子は、ぼた餅が好きだったのかと、東吾が暗然とした時、隣の家の声が聞えた。長屋の薄い壁のことで、話は筒抜けである。

庖丁がない、と女房がさわいでいた。

俺が知るわけがないと亭主らしいのが答えている。

東吾の視線がおしゅんの家の台所へ向いた。

台所といっても、上りかまちに竈をおき、その上に釜、脇に鍋、棚の上に茶碗や皿小鉢がおいてある。近づいてその辺を探した。

庖丁がなかった。

隣の家も庖丁がなくなっている。

なにかが、東吾の胸の中をかすめた。外へ出る。

ちょうど遺体が戻って来たところであった。

ぞろぞろと女達が遺体を囲むようにしてついて来る。

「おしゅんは居るか」

東吾が叫んだ。返事はなかった。

婆さんがまわりを見廻した。

「おしゅんちゃんは湯灌場へ来ていた筈だが……どこへ行ったか」

その時、長助が東吾を呼んだ。

「若先生、あいすみません。畝の旦那が、ちょいとこちらに……」

長屋の入口に、畝源三郎の姿がみえ、東吾はそっちへ走った。

「東吾さん……」

源三郎の声が悲痛であった。

「庄七の家で……庄七も荘吉も殺されていました。胸に一本ずつ出刃庖丁を突っ込まれて……」

東吾の声も重かった。

「おしゅんがいないんだ。庖丁が、おそらく二本、失くなっている……」

源三郎が長助をみた。それだけで長助が合点した。

「まだ遠くへは行っちゃあ居りますすまい」

若い者に声をかけて、と走り出した足が急に動かなくなった。

そこに、おしゅんが立っていた。

顔から胸にかけてまっ黒くみえるのは、返り血を浴びたせいらしい。

「旦那、御厄介をおかけ申します」

揃えてさし出した両手は、まだ血に濡れていた。


おしゅんが大島へ島送りときまったのは、その月の終りであった。

「いってみれば敵討ちだと思いますが、親が子の敵を討つのは御法度です。それに、おしゅんは金太が殺された時、庄七から金を受け取って内済にしています」

吟味方がそれやこれやを勘案して島送りと決めたのだと、源三郎は東吾に報告した。

「当人は死罪になりたかったようですよ。お仕置になって二人の子の傍へ行きたいが、自分の罪はそれよりも重くて、苦しんで、泣いて、その果でなけりゃ子供達の所へたどりつけないのかといわれて、正直の所、胸がつまりました」

せめて島での歳月が、おしゅんの心に僅かでも平安を取り戻してくれるとよいがという源三郎に、東吾は黙ってうなずいた。

一人の子を無法に失った時、もう一人の子のために怒りも口惜しさも耐え忍んだ母親が、二人を失った時、もはやこの世に怖いものがなくなったのが不愍であった。

せめて金太が殺された時、なんとか出来なかったものかというのが、東吾や源三郎の後悔だが、それも今となってはどうしようもない。

おしゅんが遠島になってから、江戸は春たけなわ、人々は花見に浮かれていたが、そんな中で、人気者のおしゅんの去った洲崎の辰巳屋は急に客足が落ち、加えてお上が取締りをきびしくしたので、江戸の水茶屋はどこも火が消えたようになった。

丑《うし》の刻《こく》まいり

一

初午《はつうま》が終って間もなくの、この季節にしては妙に生温かい夜のこと。麻布飯倉六丁目、ちょうど榎坂を登った裏側に仕事場のある御乗物師《おのりものし》、岡田屋重兵衛宅で嫁のお琴が急に産気づき、職人の市松というのが産婆を呼びに行かされた。

この界隈は大名家の屋敷が多く、昼でもひっそりしているが、まして真夜中すぎともなると深閑として百鬼夜行にでも遭いそうな気配がある。

それでなくとも臆病な市松はすくむ足をふみしめ、提灯をたよりに秋田安房守の下屋敷に沿って一乗寺、真浄寺と二軒並んだ寺の前を抜けて細道に入った。

右手に木立がみえるのは熊野権現の境内で、そこを横切ると産婆の家は近い。

社地が五十三坪しかない小さなお社《やしろ》だが、拝殿の脇に楠の老樹があり、御神木と称して幹に注《し》連縄《めなわ》がめぐらしてある。

市松が小さな灯影をみたのは、その附近で、さてはお百度まいりの人でもいるのかと、少々、心強くなって近づくと変な音が聞えて来た。石かなんぞで金釘でも打ちつけているような感じで、なんだろうと提灯を高くかかげると楠の木の傍に白い着物をまとった者がいて、市松に気づいたのか、はっとこちらをふりむいた。

ざんばら髪に白鉢巻を締め、頭の左右に火の点った蠟燭をはさみ、口には櫛をくわえているのが、市松の目には耳まで裂けているように映った。

声にならない叫びを上げて、市松は逃げた。

こけつ、まろびつ、元来た道を走って榎坂の番屋の戸に体当りしたのまではおぼえているが、あとは自分が何をいったか、泣きわめいたか一向に憶えていない。

二

大川端の旅籠「かわせみ」には、女中頭のお吉《きち》の下で、三人の若い女中が働いていた。

お里におお石におよねで、一番、古参なのが武州所沢から奉公に来ているお石で、今年十八になる。

「かわせみ」に来たばかりの頃は山出しで言葉は荒いし動作は男のようだったのが、当人の心がけがよく、素直でがんばり屋の人柄がみんなから愛されて、今ではお吉の片腕以上の存在になった。

足柄山の金太郎みたいだとお吉を歎かせた容貌も江戸の水で洗われたせいか、けっこう愛くるしくなったし、髪の結い方、着物の着方、なによりも行儀作法が身について、時折、東吾《とうご》が、

「女ってのは年頃になると化けるんだなあ」

と、るいにささやくほどの変貌ぶりである。

もっとも、色気のほうは遅くて、女にしては滅法、大力のあるのを自慢にして、米俵や炭俵をひょいひょい物置へ運んだり、大川を来る物売り舟から買った野菜や漬物桶などを両手にぶら下げて来て、お吉から、

「嫁入り前に腰を痛めたら、どうするの」

と叱られたりしている。

そのお石が、老番頭の嘉助《かすけ》と一緒に店の前の掃除をしようと竹帚を持って出て行くと、外に立っていた若い女が、

「お石ちゃん」

おそるおそるといった恰好で声をかけた。

そっちを眺めたお石が、あっという顔をして、

「もしかして……下畑のおうのさん」

といい、女がすがりつくように傍へ来た。

「おうのです。ああ、よかった。あんたがまだ、こちらさんに奉公していてくれて……」

いいさして、急に涙ぐんだ。

「おうのどん、いったい、どうしたんだ」

びっくりした拍子にお国なまりが出たお石に、嘉助が、

「立ち話でもあるまい。かまわないから家《なか》へ入ってもらいなさいよ」

と自分から先に立って暖簾をくぐったのは、年の功で、若い女の様子が只事ではないと気がついたからである。

「お入りよ。こちらさんはいい人ばっかりで何も心配することはないから……」

お石がささやき、女の手をひくようにして入って来て、

「わたしと同じ村から江戸へ奉公に出て、嫁入りしたおうのさんです」

と嘉助に紹介した。

「少し、話を聞いてもいいですか」

おうのの様子を眺めながら、お石が訊き、

「いいともさ。どことというより俺の部屋なら誰にも遠慮はいらねえ。ちゃんと話を聞いておやり。お吉さんには俺から断りをいっておいてやる」

といった。

嘉助の部屋は帳場の奥で、今朝、嘉助が起きた後、お石が掃除をすませ、火鉢にはちゃんと火が入っている。

お石がそこへおうのを案内するのを見てから、嘉助は台所へ行った。

「へええ、お石ちゃんの所へお客様……」

目を丸くしたお吉が、

「それじゃあ、お茶を持って行ってやらなけりゃあ」

と腰を浮かしたのに、

「少々、わけありのようだから、そっとしておいたほうがいい。どっちみち、お石がお吉さんに相談するだろうから……」

軽く制して、嘉助は再び竹帚を取って表に出た。早朝に掃いた表の道だが、夕方になる前にもう一度、きれいにして客を迎える。その昔、一日の御奉公を終えて組屋敷へ帰って来る主人のために、玄関を掃き清めた武家の習慣が、「かわせみ」の宿屋稼業でもそっくり生かされている。

嘉助が竹帚をしまいかけた時、東吾が帰って来た。

「どうも春の陽気って奴は油断がならねえなあ。昨夜、あんなに温かったのに、今日はからっ風が吹きやがる」

あがりかまちでのその声が聞えたのか、嘉助の部屋からお石が出て来た。

「お帰りなさいまし」

丁寧に手を突いてから、東吾を見上げた。

「お帰り早々、申しわけございませんが、村の知り合いが、とんでもねえことになっちまって、なんとか助けてやりてえと思うんですが、俺にはどうしていいかわからねえもんで……」

まっ赤になっている顔が昔の金太郎時代に戻ったようで、東吾は微笑ましく思った。

「なんだか知らねえが、お石の相談事なら喜んで聞いてやるよ。奥へおいで……」

お石が平べったくなってお辞儀をし、奥から出て来たるいは、すでにお吉から少々のことを耳にしていたので、

「旦那様がそうおっしゃっているのだから、遠慮しないで、なんでもお話しなさいな」

と言葉を添えた。

で、お石はまず台所へ行き、お吉に、

「旦那様と御新造様に、友達のことを聞いて頂きたいので、お吉さんも一緒に来て下さい」

と頼んだ。無論、お吉は大満足でお石と共に居間へ行く。

東吾は着替えをすませたところで、るいが長火鉢の前で茶をいれている。千春《ちはる》は次の間で、まだ昼寝から目ざめていない。

「所沢の同じ村の知り合いってのは、江戸のどこに奉公しているんだ」

るいから素早く聞いた予備知識で、東吾は何から話したものか途惑っているお石に助け舟を出した。

「とんでもねえことになっているのは、その友達なんだろう」

お石が子供のように合点した。

「名前はおうのといいます。俺より年上で、俺の姉ちゃんの友達だった人で、俺もよく知っています」

十年ぐらい前に江戸に奉公に出て、

「麻布の飯倉土器町《かわらけまち》というところの小間物屋に女中奉公に入りまして、その中《うち》、若旦那のお嫁さ

んにしてもらったそうです」

照れくさそうに下を向いた。

「成程、見染められたってわけだな」

東吾が笑ったのは、緊張し切っているお石の気持を楽にしてやりたかったからだったが、お石はにこりとも出来ない。

「俺はそこまでしか、姉ちゃんから知らされていなかったが、今、聞いたら、子供が二人いるそうで、五つと三つだと申します」

「夫婦喧嘩でもしたのか」

「丑の刻まいりで、姑さんを呪っていたと疑われたそうです」

「なんだと……」

東吾をはじめ、るいとお吉もあっけにとられた。

「丑の刻まいりって、あの、藁人形に五寸釘を打ちつける……」

お吉が口をはさみ、

「お姑さんに嫁いびりをされて、それで……」

と早のみこみをした。

「おうのさんは、そんなことをする女ではねえです。どんなにいじめられても、じっと辛抱する人で……」

お石が泣き声になり、東吾がお吉にいった。

「その、おうのとかいうのを、ここへ連れて来いよ。そのほうが話が早いぞ」

心得て、お吉が居間を出て行き、やがて顔面蒼白になって慄えている若い女を伴って来た。見たところ、やつれ切っているが、なかなかの器量よしである。

おうのの口は重かったが、話を聞き出すことにかけては定廻りの旦那にも負けない「かわせみ」の面々のことで、小半刻ばかりの中に数日前、麻布飯倉の熊野権現での出来事が明らかになった。

「市松って奴が、丑の刻まいりを見たのはわかったが、どうしてその女があんただということになったんだ。市松があんただといったのか」

東吾が一膝のり出して、おうのは激しく首をふった。

「市松さんは、鬼のような顔だというばかりで、どこの誰ともいって居りません」

「それが、なんであんたに……」

お吉がせっかちに訊ね、おうのは悲しさのありったけを声にした。

「楠に打ちつけてあった藁人形に、辛未《かのとひつじ》の女と書いた紙が入っていたそうなんです」

「辛未か」

つまり、丑の刻まいりが呪う相手である。

「辛未というと……」

東吾が指を折る前に、るいが長火鉢の脇の小簞笥から暦を取って、お吉に渡し、大急ぎでめくって見たお吉が、

「辛未だと、今年五十歳でございますよ」

と叫んだ。

おうのが両手で顔をおおい、お石がそっと告げた。

「おうのさんの姑さんは、辛未だそうで……」

「それで、おうのに疑いがかかったのか」

馬鹿馬鹿しいじゃありませんかと立腹したのはお吉で、

「なにも辛未の年の女は、おうのさんのお姑さんに限ったものじゃなし、この界隈だって軒並み聞いて歩いたら、十人や二十人……」

とまくし立てる。

るいがお吉を制している中に、東吾がいった。

「あんたの所の姑は、あんたが丑の刻まいりをやったと信じているんだな」

おうのが唇を嚙みしめた。

「情なくて泣くにも泣けません。疑われるだけでも口惜しいのに、お前に違いないときめつけて、世間様にまで、うちの嫁の仕業だと……」

「御亭主は、なんといっている」

「うちの人は私を信じてくれています。第一、私共夫婦は働きづめで、寝るのは毎夜、子《ね》の刻(午前零時)過ぎです。それから、先に寝ている二人の子を起して厠《かわや》へ連れて行き、横になってまどろんだら、もう夜があけて来ます。丑の刻まいりに出かける暇なんぞありゃあしません」

「姑は悴のいうこともきかないのか」

うつむいたおうのの傍からお石がいった。

「悴さんは養子で……歿った舅さんの甥なんだそうです」

姑とは血のつながりがない。

廊下に足音がして嘉助が障子の外から取りついだ。

「飯倉から仙五郎《せんごろう》が参りましたが……」

三

飯倉でお上のお手先をつとめている桶屋の仙五郎は東吾が方月館に松浦方斎《まつうらほうさい》の代稽古に出かけていた時分からの知己で「かわせみ」にも何度となく訪ねて来ているから、るいは勿論、嘉助やお吉とも顔馴染であった。

「実は田毎屋の若主人の弥之助さんから頼まれまして……」

部屋のすみに小さくなっているおうのを眺めて、仙五郎はほっとした表情をみせた。

「弥之助さんと申しますのは、そちらのおうのさんの御亭主でして、近所でも評判のいい実直な人柄でございます」

たまたま、今日、仙五郎が田毎屋を訪ねたのは、

「田毎屋の女隠居がつまらねえ思い込みで嫁のおうのさんを折檻したあげく無理矢理、叩き出したと、あそこの女中が二人の子供を抱えて、あっしの家へかけ込んで来たんで、とるものもとり

あえず、田毎屋へ行ってみました」

女隠居は血の道を起したとかで、番頭が医者を呼んだりしていたが、たまたま仕入れで出かけていた弥之助が戻って来た。

「若主人が申しますには、大川端町の旅籠屋に、お石という同郷の娘が奉公していて、おうのは村にいた時、その子の姉と仲よしで今でも時折、文のやりとりをしている。他に江戸には知り合いもないので、おそらくそちらへ相談に行ったのではないかと。そりゃあ、てっきり若先生の所だと気がつきまして、まっしぐらにこちらへ参りましたんで……」

という。

仙五郎の口から、はっきり様子が知れたので、るいはお吉に指図して、おうのにはお石と一緒に夕餉をさせ、仙五郎のためには居間へ膳を運ばせた。

遠慮する仙五郎に東吾が盃を持たせ、酌をしてやりながら田毎屋の内情を訊いてみると、どうも女隠居のおとよというのが相当の強欲婆さんらしい。

「御亭主の弥右衛門さんには後妻でございまして、年齢も一廻り近く離れて居りました。そんなこともあって、なんでもおとよさんのいいなり次第、女房の尻に敷かれているといった案配でして、それをよいことに、おとよさんは好き勝手をしていたようでして……」

水仕事なぞは一切やらず、着飾って店へ出て、客を相手に嫁の悪口を喋りまくっている。

「おうのさんはよく出来た嫁さんで、弥右衛門さんが卒中で倒れて長患いのあげく歿った時も最後まで手厚く看病をして、実の娘でもあそこまでは出来まいと医者を感心させたくらいのもので……」

「おうのが、姑にいびられる理由はなんだ」

「そりゃ、やっぱり、奉公人が嫁になったってのが第一でございましょう」

もともとは、田毎屋へ女中奉公に来ていた女であった。

「ですが、女隠居のいい分も凄《すさ》まじいんで、嫁にするからには、それまでの給金は一切、払わねえ、どこの世界に嫁に給金を出す馬鹿がいるかてんで……」

おうのが弥之助の嫁になってからは、もう一人いた女中に暇を出し、万事、おうのをこき使っているという。

「よく、亭主が黙っているなあ」

「弥之助さんも似たりよったりの扱いなんでして……十歳かそこらで養子に来て以来、奉公人同様に使われて給金は一文もなし、先代が歿っても銭勘定は一切、女隠居が取りしきっているそうです」

千春が目をさまして、るいはその世話に立って行き、代りに酒の燗をしていたお吉が憤慨した。

「よく、そんな家に我慢しているもんですね。御夫婦でとっとと出ちまえばいいのに……」

仙五郎が分別くさい顔で苦笑した。

「まあ、弥之助さんは何度もそんな気になったようですが、その都度、おうのさんがなだめて、きっとその中、お姑《かあ》さんもわかってくれるだろうからと……ですが、今度という今度はおうのさんも辛抱し切れねえ気持になっているんじゃねえかと思います」

自分が丑の刻まいりをして姑を呪っていると、当の姑から疑われたのであった。

「いったい、どこの誰なんですかね。そんなろくでもない真似をしたのは……」

お吉の問いに、仙五郎が手を振った。

「そいつをみつけるのは至難の業ってもんです。なにしろ、五十の女っていやあ、どこの家でも、まず姑の年齢で、飯倉界隈で姑を呪ってやろうって嫁はごまんと居ますんでして……」

人のいい仙五郎は始終、そのいざこざに呼び出されて仲裁役をつとめているらしい。

で、今回も、

「弥之助さんとも相談して参りましたんですが、もし、こちらにおうのさんが身を寄せていなすったら、あっしが一緒に田毎屋へ連れて帰ろうと……その上で、あっしから女隠居に意見をして……いえ、あっしのいうことなんぞ聞く耳持たねえ女隠居に違えありませんが、なんといいましても小せえ子供がおっ母さんを恋しがって泣いている。弥之助さんにも考えがあるってえことなので……」

という。

おうのを呼んで仙五郎が話をすると、

「申しわけありません。お義母《かあ》さんがあたしを家へ入れてくれるかどうかわかりませんが、どうぞ親分からお口添えをお願い申します」

と神妙であった。

二人の腹ごしらえもすんだことで、あまり遅くならない中にと仙五郎がおうのをうながして

「かわせみ」を出立した。

「おうのさん、かわいそうなんですよ。あの人の家は両親が早く死んじまって、兄《あに》さんと弟は村の大百姓さんの家へ奉公しているんで、帰る家もねえんです」

見送ったお石が訴え、お吉が大きな溜息を洩らした。

四

一番いいのは丑の刻まいりをしていた女がどこの誰か明らかになることだが、仮に自分のしたことで迷惑している者があったと知っても、なかなか丑の刻まいりは私でございますと名乗って出られる道理はないと、「かわせみ」では終日、その話が蒸し返されたが、翌日、律義な仙五郎がわざわざ飯倉からやって来ての報告では、女隠居のおとよは仙五郎に連れられて戻って来たおうのに、いきなり湯呑の茶を叩きつけたものの、家へ入れないとはいい張らなかったという。

「なにしろ、おうのさんがいないことには、飯の支度をする者も居りませんわけで、腹黒の女隠居としては、なんでも自分のいうことをきいて只働きをする嫁を手放したくねえというのが本心じゃあございませんか」

おうのが湯呑の茶を頭から浴びせられるのを見た時には、このまま自分の家へ連れて行こうと思ったという仙五郎が胸をさすった様子で告げた。

その翌日から、東吾は幕府の帆船に乗った。

若い練習生の指導のためだったが、短い航海を終えて品川で上陸した後、御殿山にある軍艦操練所の別所へ寄って上官に報告をすませてから、足を麻布狸穴《まみあな》へ向けた。

たまたま、帆船の入港先であった横浜で少々の買い物をしたので、それを方月館に届けるつもりであった。

方月館では方斎が正吉《しょうきち》に書を教えていた。久しく見ない中に正吉はのびのびとしたいい字を書くようになっている。

「やはり、お手本がよいと上達が違いますな」

正吉のために方斎が書いた千字文を眺めて東吾がいい、方斎は横浜土産の蜂蜜を、早速、湯に溶いて抹茶を加えたのを、

「これは体が温まってよい」

と旨そうに飲んでいる。

正吉やおとせ、それに善助《ぜんすけ》などには近頃、横浜でも職人が焼いている西洋式の煎餅のような菓子を買って来たのだが、

「なんですか、変った匂いが致しますね」

とおとせがいい、口にするのをためらっている中に、方斎が、

「どれ、わしによこせ」

ひょいと取り上げてばりばりと食べてしまった。

「煎餅よりも柔かくて甘いぞ」

といわれて正吉が手を出し、おとせと善助も一口食べてみて、

「こいつは珍しいもので……」

「頂いてみると、おいしゅうございます」

と喜んでいる。

ひとしきり横浜の話がはずんでから、東吾はそれとなく丑の刻まいりの話を訊いた。

狸穴からさして遠くもない飯倉の事件のことで、方月館でもよく知っていたが、田毎屋の嫁が丑の刻まいりの犯人にされている件についてはまず、おとせが、

「おうのさんのことでしたら、御近所で本気にする人はなかろうと存じます。あちらの御隠居さんが嘘八百並べたてるのは、皆さん、よく御存じで、ああ、また、おとよさんの嫁いびりが始まったと眉をひそめる方が少くございません」

勿論、世の中にはおとよに迎合して面白可笑しく噂をする者もいるが、まともな人は相手にしないといい切った。

善助の話はもう少し面白くて、

「おうのさんはともかくも、この界隈の姑さんは、あれ以来、おっかなびっくりでして、どなたもひょっとして自分の家の嫁が呪っているのではないかと胸におぼえのある人ほど嫁いびりをやめたって話でして、田毎屋の隠居のようにうちの嫁だとぎゃあぎゃあさわぐのは本心ではうちの嫁ではないと思っている証拠でございますよ」

と笑っている。

「善助の勘でもわからないか、丑の刻まいりの張本人は……」

東吾の問いに、善助は頭をかいて返事をしなかったが、傍からおとせが、

「丑の刻まいりと申しますのは、なにも嫁が姑を呪うとは限りませんのでしょう」

といい出した。

「お能などで拝見しますと、むしろ、一人の殿方をめぐって女同士の鞘当てといったようなのが多いように存じますが」

方斎がうなずいた。

「左様、本妻が妾を呪う、逆に妾が本妻を呪うというのもある。いずれにしても悪いのは男じゃが、女と申すものは男を呪わず、相手の女を憎む。わしにはどうも合点が行かぬよ」

枯れた声で笑っている方斎は、なんの故か生涯、妻を娶っていない。

「おとせは、この界隈でそういう不届《ふとどき》な男がいるのを知っているのか」

と東吾が改めて水を向けたが、さあと首をかしげている。代りに方斎がいった。

「女にもてる男と申せば、まず扇屋の主人ではないか」

飯倉三丁目に扇問屋で駿河屋というのがある。そこの主人の新兵衛は大変な男前で芸事にも堪能だと、これはおとせも善助も合点している。

「でも、あちらのお内儀さんは大人しいお方で、とても人を呪うようにはみえません」

おとせの言葉に東吾が逆《さから》った。

「大人しそうな女ほど、実は怖いらしいぞ」

「若先生の御経験でございますか」

善助がにやにやしながら教えた。

「駿河屋のお内儀さんはもう四十すぎの筈でございますよ」

四十すぎの女房が五十の女を呪うのは、どうも色事らしくないと方月館で大笑いされ、東吾は深川の長助ばりにぼんのくぼに手をやった。

そんなこともあって、方月館からの帰り道、飯倉の仙五郎の家へ寄ろうと歩いている中に、ひょいと駿河屋の看板が目に入った。

店先に四十そこそこだろう細面の上品な女が手代らしいのと商売物の扇の品定めをしている。あれが駿河屋の女房かと歩調をゆるめると、奥からやはり四十なかばと思われる男が出て来て、何かいいながら手をのばして、女房の髪から糸屑らしいのを取って掌で丸めて捨てた。

あら、というように女房が髪に手をやる仕種が艶で、そのあと、夫婦が微笑し合っている様子が如何にも睦まじげであった。おそらく若い頃は一対の内裏雛のようであったろうかと思い、東吾は駿河屋の前を通りすぎた。

仙五郎は家に居た。

桶屋稼業はすっかり悴にゆずって、店の裏に小さな隠居所を建てて女房と二人暮しをしているのだが、その入口で子供連れの若い夫婦らしいのが挨拶している。東吾の足音にふりむいた女房がおうのであった。

おうのが夫にささやき、東吾が近づくと男が丁寧に腰をかがめた。

「手前は弥之助と申します。先だってはおうのが大層お世話になりました。まだ、御礼にも参りませず申しわけのないことを致して居ります。どうぞ、お許しなすって下さいまし」

東吾が笑った。

「俺は別に礼をいわれるほどのことはしていない。気を遣わなくていいんだ」

二人の前へ出て来た仙五郎にいった。

「方月館の帰りでね。船で横浜へ行って来たんだ」

ここへも土産に買って来た蜂蜜の壺を渡した。

「あっしのような者にまで、ありがとう存じます」

押し頂いてから、そっといった。

「おうのさん夫婦ですが、とうとう田毎屋を出なすったそうで……」

弥之助が顔を上げた。

「こちらの親分様にも御迷惑やら御心配やらおかけ申しましたが、どう、おうのが尽しましても、義母《はは》は心を解いてくれません。まわりからも、もういけない、あきらめたほうがよいと忠告されましたし、このままではおうのが命を縮めてしまいます。二人の子にとってもよいことは何もないので、思い切って縁を切ってもらいました」

幸いというか、仕入れ先の問屋の主人が弥之助を気に入ってくれて、こちらの事情もわかっているので、自分の持ち店で働くよう勧めてくれたのだといった。

「四谷の、小さな店でございますが、これまで働いていたお方が年をとって体の具合もよろしくないので、別の商売をして居ります娘さん夫婦の許へ同居することになりましたとかで、手前にその店をあずからせて下さると申すことで……」

夫婦で力一杯働いて、恩に報いたいと弥之助の表情は明るかった。

「義母には申しわけないとは思いますが、正直のところ、十で養子に来てから温かいものを口にしたことが一度もなく、おうのが奉公に来てから、始めて汁が熱いとこんなにも旨いのか、茶の温かいのがこれほど心を安らかにしてくれるものかと知ったようなわけでございます。おうのをこれ以上、みじめにさせてはならぬと決心がつきました」

大きくうなずきながら東吾がいった。

「鬼婆は何かいったかい」

夫婦が顔を見合せ、代りに仙五郎が答えた。

「なにしろ、姑さんが出て行けといったんでござんすから……立会人になった町役人の氷川屋さんが、これであんたの思い通りになったろうと皮肉をいってやったところ、女隠居はいろいろ悪態をついたようですが、それも今日でおしまいでございますよ」

日の暮れない中に四谷へ行くという四人は東吾と仙五郎に何度も頭を下げて出て行った。

「子供の着替えだけを持って田毎屋を出て来たんだそうで。ですが町内の世話人が話し合って少々の餞別を渡したようで、まあ、弥之助さんもおうのさんも働き者で心がけのよい人だから、四谷へ行っても必ずうまく行くと思いますよ」

とにかく上ってくれと、東吾のために客布団を出しながら仙五郎がいい、東吾は雪駄を脱いだ。

仙五郎の女房は孫達を連れて買い物に出かけているというが、店のほうから悴の嫁がやって来て挨拶をし、まめまめしく茶の支度をする。

「かまわないでくれ。俺もこれから大川端まで帰るんだ。ゆっくりもしていられないのでね」

その後、丑の刻まいりは出ないかと訊いた。

「あれだけ大さわぎになりましたんで、鳴りをひそめて居るようですが、ああいうことをする女は相当、執念深いものであれっきりで済むとは思えませんや」

町内の旦那方からもいわれているので、仙五郎も気をつけて夜廻りをしているといった。

茶を飲み、やがて東吾は暇を告げた。

いいというのに、仙五郎は見送り旁《かたがた》ついて来る。

飯倉の通りに出ると、娘が三人ばかり各々小さな包を抱えて、きゃっきゃっとさわぎながら路地を入って行くのが目に入った。

路地の奥から清元が聞えて来る。

「延加津という女師匠でして、このあたりじゃ、なかなか人気がありますんで……」

仙五郎が教えた。

「いい女なんだろう。仙五郎の顔に書いてあるぞ」

東吾の当て推量に仙五郎が満更でもない表情を見せた。

「器量も悪かありませんが、三十そこそこで男まさりの気性者ですから町内の若《わ》え《け》連中が騒ぎます」

「男の弟子が多いんだろう」

「旦那衆もみえてますが、やっぱり多いのは嫁入り前の娘っ子でさあ」

神谷町のはずれまで仙五郎に送られて、東吾は夕風の中を帰った。

五

翌日、軍艦操練所を午前中に終って東吾が家で昼飯を食べていると仙五郎のところの若い衆が来た。

「田毎屋の女隠居が殺されたんです」

定廻りの栗田雅之助というのが取調べて、弥之助夫婦に疑いをかけた。

「うちの親分が必死になって違うってことを申し上げたんですが、お取り上げになりませんで……」

このままだと、弥之助夫婦が義母殺しの下手人にされかねないと青くなって訴えた。

厄介なことになったとは思ったが、東吾はすぐに身支度をして「かわせみ」を出た。

飯倉までの道中、与七という若いお手先が語ったところによると、田毎屋のおとよの死体がみつかったのは熊野権現の社殿の裏だったという。

「熊野権現というと、あの丑の刻まいりが出た神社か」

東吾が少しばかり驚き、与七は顔をしかめた。

「そうなんで……」

日頃から祭の時でもないと、あまり参詣人の行く社ではなく、まして丑の刻まいりの一件があってからは、下手にうろうろしてかかわり合いに見られてはというので、町内の者は滅多に足をふみ入れない。

もともと、無人の社であった。社務所もなく、神官も住んでいない。祭の際は兼務している熊野社から人が来て行う。

「いったい、誰がみつけたんだ」

「それが、うちの親分で……」

「仙五郎だと……」

夜廻りに行って発見したのかと東吾は思ったが、

「そうじゃございませんで、みつけたのは昼より前、巳の刻（午前十時）ぐらいだった筈です」

と与七はいう。

「くわしいことは知りませんが、田毎屋では女隠居の姿がみえないって大さわぎになって、その最中に小僧の松吉って奴がうちの親分に奇妙なことをいったそうで……」

おとよが前日の夕方、松吉に近所の米屋へ行って藁を少しばかり貰って来るようにといいつけた。

「それは、弥之助夫婦が田毎屋を出て行った後のことだな」

「そのようで……」

松吉はいわれた通り米屋から少々の藁を貰って来て、おとよに渡したが、

「どうも、その藁で人形を作っていたといったそうです」

話している与七の顔色がいよいよ悪くなっている。

「そうか、それで仙五郎は熊野権現へ行ってみたんだな」

ひたすら道を急いで飯倉まで来ると、番屋の前で仙五郎が町内の旦那衆に囲まれている。

「若先生、申しわけございません。あっしとしたことが、つい、かあっとしちまいまして……」

大川端へ使を走らせたことを詫びながらも、東吾の顔をみて仙五郎は嬉しそうであった。

「実は町内の皆さんが、弥之助さん夫婦の無実をお奉行所へ訴え出ようって話でして……」

困った声でいう。

「栗田って旦那が、弥之助夫婦をしょっぴいたのか」

「そいつは、まだわかりませんが……」

四谷へ向って行く時は、間違いなく下手人は弥之助夫婦だと断言したといった。

「そいつはどうかな」

不安そうな旦那衆の顔を見渡しながら東吾はいった。

「仮にそう思い込んで四谷へ行ったとしても、むこうで弥之助夫婦を調べ、昨夜、間違いなく四谷にいたことがはっきりすれば疑いはすぐ晴れる」

第一、昨日の夕方近くに四谷へ行った弥之助夫婦が、なんだって飯倉へ戻って来ておとよを殺すのだと東吾はいった。

「それも店へ忍び込んでというならまだしも、熊野権現の境内だろう。どうすれば、おとよを呼び出して連れて行けるか。おとよだって真夜中にのこのこ、あんな所までついて行くものか」

仙五郎がいった。

「おとよさんは丑の刻まいりの恰好をして居りましたんで……」

「つまり、自分から出かけて行ったわけだろう」

「左様で……」

「藁人形を作ったのは、弥之助夫婦が出て行った後だというじゃあないか」

「その通りで……」

「婆さんが丑の刻まいりをやらかそうと思いついたのは、弥之助夫婦が去ってからだ。そんなことを、あの夫婦が気づくわけがない」

旦那衆の表情に安堵の色が流れた。

「若先生のおっしゃる通りだ。ここはあっしにおまかせなすって、旦那方はもう暫く、様子をみて下せえ」

仙五郎が少しばかり見得を切り、旦那衆は納得して帰った。

「早速でござんすが、熊野権現から見て頂きてえんで……」

東吾もそのつもりであった。

飯倉五丁目にあるその社は小ぢんまりしていた。ただ社地の一方は通り抜けの出来ない細道で小さな町屋が二軒ばかり、拝殿の裏は武家地になっているところから、あまり人目に触れない場所には違いない。

社地の周囲に玉垣などはなく、どこからでも入って来られる。といっても、最初に丑の刻まいりをみつけた市松のように、境内を近道のために横切る人間も滅多にいないと仙五郎はいった。

拝殿の脇にこれだけは大きな楠の老木が枝を広げている。その下を抜けると本殿の裏へ出た。高床で男でもちょっと腰をかがめると床下へ入れる。土砂降りでもないと雨が流れ込まないから、床下の土は乾いていた。つまり、足跡が残りにくい。

「おとよさんは、ここんところに倒れて居りましたんで……」

白い浄衣を縞の着物の上にまとい、白鉢巻の左右に蠟燭を一本ずつ、はさみ込んでいたが、その火は無論、消えていた。

「頭を鉄の槌かなんぞで滅多打ちにされたかして、そりゃあもの凄い案配で、一緒について来た田毎屋の小僧は腰をぬかしました」

「その小僧が米屋へ藁を貰いに行かされたんだな」

「へえ、どうもおかしいと思ったようで、隠居の部屋のまわりをうろうろしていて、厠へ立ったすきに部屋をのぞいてみたら、藁人形が出来ていたんだと申します」

「その藁人形はあったのか」

「へえ、ここんところに打ちつけてありましたんで……」

床下の真上、本殿の床の裏側に当る場所で、

「栗田の旦那が五寸釘を引き抜いて、証拠のためにお持ちになりました」

「仙五郎はみたのか」

「紙が貼りつけてありまして、乙未《きのとひつじ》の女と」

「乙未か」

「田毎屋の手代の話ですと、おうのさんは乙未の生まれだそうです」

姑も嫁も未年ということになる。

「未の女は気が強いって話を聞いたが、一軒の家に未年生れが二人もいたんじゃあな」

東吾が冗談らしくいい、仙五郎が否定した。

「おとよさんはともかく、おうのさんは気の強いって人じゃございませんでした。どんなにいびられても、じっと耐えているって感じでしたから……」

それも気が強いからだといいかけて、東吾はやめた。干支《えと》で性格を占う俗信をもとより信用していない。

「おとよは憎い嫁の藁人形を作って丑の刻まいりに来た。この床下で人形を打ちつけている時に、誰かがやって来て不意におとよを襲って殺害したということか」

東吾が呟き、仙五郎が合点した。

「死体の倒れた恰好も、そんな感じでございました。ですが、いったい、誰が……」

大体、町内の誰からも好かれていなかった女だと仙五郎は重い口ぶりで告げた。

「といって、殺すほど思いつめる相手がいたとも考えられねえんで……」

熊野権現を出て田毎屋へ行った。

田毎屋では通夜の支度も出来ていなかった。

「お寺さんには知らせましたが、まだ誰も来ません」

奉公人といっても、番頭一人に手代一人、それに小僧の三人きりである。

「昨日、若旦那が出て行かれまして、手前どももがっかり致しまして……」

おとよは悪態をくり返していたが、奉公人は誰も相手にならず、この先、どうしたものかと思案に暮れていたらしい。

「夕餉は若いお内儀さんが用意して行ってくれましたので……」

それを食べ、交替で湯屋へ行き、あとは又、とめどもなく話していたが、亥《い》の刻（午後十時）前には三人とも寝てしまった。

「いくら考えたところで、よい思案が浮ぶわけでもございません」

朝になって起き出して、昨夜の残りの飯と汁で腹ごしらえをし、いつものように店を開けたが、おとよは起きて来ない。

「御機嫌が悪いと昼近くまで寝ていらっしゃるようなお方なので……」

誰も声をかけなかったのだが、やはり女中がいないと今日の飯の支度にも困るだろうと、番頭が桂庵《けいあん》へ出かけることになった。

「一応、御隠居さんに断りをいわねばなりませんので、部屋の外から声をかけましたが返事がなく、よくよくみると縁側のほうの雨戸が少しばかり開いているのに気がつきまして……」

部屋へ入ってみると布団は敷いてあるが、おとよの姿はなかった。

「おとよが松吉を使いにやったことは知らなかったのか」

東吾に訊かれて、番頭はうつむいた。

「松吉がそのような話を致しましたが、別に御隠居さんが何を考えていなさろうと、手前どもにはどうすることも出来ませんし……」

奉公人は揃って自分達のさきゆきを心配し、女隠居に関心も持たなかったということらしい。

田毎屋を出て、番屋へ戻って来ると畝源三郎《うねげんざぶろう》が来ていた。

「栗田どのから弥之助夫婦の件を聞きましてね。仙五郎が心配しているだろうと来てみたら、東吾さんが助っ人に来ているとのことで……」

弥之助夫婦に関しては、昨夜、間違いなく四谷の家にいたことが立証されて、下手人の疑いは晴れたという。

「弥之助があとを引き継ぐ店の、前の主人、といっても問屋のやとわれ主人ですが、それが軽い卒中を起しまして、昨夜はおうのがつきっきりで看病したそうです。弥之助のほうも医者の手伝いをしたり、病人の娘夫婦を迎えに行ったりで、とても飯倉まで来て義母を殺害する余裕はありませんでした」

病人には気の毒だが、いい所でひっくり返ってくれたと源三郎は苦笑している。

「おうのの最初の手当がよかったとかで、命にも別状はなく、今のところ、体が不自由になる心配もないそうですから、病人にとっても幸いだったようでして……」

そのことを仙五郎に告げるために飯倉へ来た。

「ありがてえことで……おかげで肩の荷が軽くなりやした」

仙五郎は大喜びしたが、肝腎のおとよ殺しの下手人のメドは立たない。

「東吾さんは何か考えているんじゃありませんか」

源三郎にうながされて、東吾が口を開いた。

「あてずっぽうだが、下手人は市松がみたという最初の丑の刻まいりではないかと思うんだ」

熊野社は普段からあまり人がよりつかない場所で、しかも、丑の刻まいりの一件があってからは尚更だという。

「そういう所へ真夜中に出かけて行くというのは、やっぱり丑の刻まいり、それも一度しくじった奴ではないのか」

丑の刻まいりはその姿を人にみられたり、呪いの藁人形が発見されたりすると、効力を失うといわれている。

「つまり、最初っからやり直しってことになる。仙五郎もいったが、ああいうものをやらかそうという人間はかなり執念深い、ちっとやそっとのことではあきらめねえという。とすりゃあ人が寄りつかなくなった今こそって気持にならねえだろうか」

とすると、最初に失敗した楠の洞穴は人目につきやすいから、最も安全な本殿の床下を考える。

「仙五郎と一緒に行ってみたが、あんな所へ近づく人間は丑の刻まいり以外にはなかろうと思ったよ」

女の考えることは似たりよったりだから、おうのを呪ってやろうと決心したおとよが行ったのも楠の根本ではなく、本殿の床下で、

「なんといっても、人にみつかったら、それで元の木阿弥ってものだろう。なんとかして目に触

れない所を探すさ」

源三郎が真面目に応じた。

「おとよが丑の刻まいりをしている最中に、もう一人の丑の刻まいりがやって来たとして、そいつがおとよを殺害したのは、顔を見られたからですか」

「そうかも知れない。もう一つ、あとから来た丑の刻まいりが、おとよを自分が呪っている当人とかん違いしたらどうだろうか」

最初の丑の刻まいりの標的になったのは、辛未の女。

「おとよも辛未の生まれなんだ」

五十になる初老の女なら、暗闇の床下の、不気味な蠟燭の灯影で見間違えるかも知れない。

「背恰好や体つきが、もし似ていたら尚更だろう」

「下手人はおとよを自分が呪っている当人と思ったんですな」

「呪った相手が、逆に自分を呪いに丑の刻まいりをしているとしたら……」

仙五郎がうめいた。

「そりゃあ、かあっとなって鉄槌をふり上げます」

源三郎がいった。

「この界隈で辛未の女が何人いるか。熊野権現からそう遠くはない筈だ。どこの誰が辛未生れかを調べ上げ、その女の周辺にそいつを呪うような相手がいるかどうか。根気のいる仕事だが無駄ではないように思うが……」

「合点でござんす」

仙五郎が勇み立ち、東吾と源三郎は他に少々の智恵を授けて飯倉を去った。

そして十日。

仙五郎を伴って畝源三郎が「かわせみ」へやって来た。

「おかげさまで、下手人が挙がりましてござんす」

「そいつはよかったな」

と応じた東吾だったが、下手人の名前を聞くと、あっけにとられた。

「間違いないのか」

源三郎が固唾を飲んでいる「かわせみ」の面々を見廻した。

「東吾さんは、どうもいい女は人殺しをしないと考えている節がありますが、世の中、そんなこともないようで、器量もよく、芸達者で、始終、男からちやほやされつけている、非の打ちどころのない自分というものを口説き落しておきながら、五十にもなっていて、亭主より年上の、どこがいいんだかわからないような女房とどうしても別れない。このままでは自分は一生、日陰者で町内の笑い者にされると思った時、女は鬼になります」

お吉がそっと呟いた。

「芸達者っていいますと……」

「清元の女師匠でした」

仙五郎が頭に手をやった。

「驚き桃の木、山椒の木ってのは今度のことで、あっしは駿河屋のお内儀さんってのは、てっきり四十そこそことばかり思っていまして、辛未の五十歳だなんて、それこそびっくり仰天でござんした」

「駿河屋というと、扇問屋か」

「おっしゃる通りで……」

「しかし、あの女房はどうみても……」

「東吾さんもですか。わたしも仙五郎にいわれて見に行きましたが、せいぜい三十七、八ってところですね」

源三郎が苦笑する。

「あの女房が五十で、亭主は……」

仙五郎が答えた。

「四十二だそうです」

「八つ年上か。それで若作りしてたんだな」

源三郎がなんとなく腰を浮かした。

「とにかく、丑の刻まいりは清元延加津でした。仙五郎が熊野権現に張り込んでつかまえましたので……おとよを殺害した理由は東吾さんの推量通り、てっきり本妻が自分を呪いに来たと思ったせいで、仙五郎の大手柄になりました。御礼、旁《かたがた》、御知らせに」

では、と声をかけたのと同時に仙五郎も立った。

二人の逃げ足は風のように早い。

東吾がはっと気づいた時にはお吉もお石も嘉助もさりげなく部屋から消えている。

「人はみかけによらねえな。あんなに仲のいい夫婦にみえたのに、旦那が他に女を作っていたとはな」

呟いたとたんに、るいがいった。

「仕方がございませんね。女房が年上ですから……いい年をして、どこがいいんだかわからない女房で旦那様はさぞかし愛想を尽かしていらっしゃいますのでしょう」

「駿河屋の亭主か」

「存じません」

「おい、何を怒ってるんだ。俺は延加津って女の顔も見ていないんだぞ」

「そんなことを申し上げているのではございません」

「よせよ。俺はるいの外に誰もいやあしないぞ。なんなら、熊野権現に誓紙を書いてもいいよ」

「熊野様の起請誓紙なんて、吉原の女は一人で何十枚も持っているそうでございますね。旦那様がお渡しになったのは、いったい、何枚……さぞかし書き馴れていらっしゃいますのでしょう」

「俺があんな所の女に何を書くものか。いい加減にしろよ、子供の前で……」

じっと眺めていた千春がはっきりいった。

「お父様、お母様をいじめてはいけません。女の人を泣かすのは一番悪いことだと、神林《かみばやし》の伯父様がおっしゃいました」

「なんだと、なんで兄上が千春にそんなことを……」

うろたえた東吾の表情がその昔、悪戯をみつかった時の餓鬼大将の顔で、るいは袂のかげでそっと笑い出す。とたんに千春が、

「お母様が笑った、笑った、笑った」

手を叩いて部屋中をとび廻り、その声を廊下で聞いていたお吉が安心したように嘉助へ知らせに行く。

大川の上には、春朧ろの月が出ていた。

桃《もも》の花咲《はなさ》く寺《てら》

一

このところ月に一度は横浜から商用で江戸へ出て来て「かわせみ」を常宿にしている岡田屋吉右衛門というのが、朝餉の折に、

「このたびは思いの外、商売の話が早くすみましたので、今日は権田原まで行って来ようと思って居ります」

と、給仕をしていたお吉にいった。で、お吉が、

「どなたか、お知り合いでもお訪ねなさいますので……」

と訊くと、

「実は手前の叔母が安鎮《あんちん》坂の近くに住んで居りますので……」

といった。

青山権田原は紀州家上屋敷の西方で、この節は鮫ヶ橋と御炉路町、甲賀町との間が、そう呼ばれている。

安鎮坂は紀州家上屋敷と権田原の間にある坂道で、近くに安鎮大権現の社があるために名付けられたのだが、附近の人はむしろ権田坂と呼んでいる。

なんにしても、大川端町の「かわせみ」からはけっこう距離がある所なので、横浜から出て来た人には勝手が知れないのではないかとお吉は心配したのだったが、

「道はよく存じて居ります。なにしろ、手前は十五の歳まで叔母の家に厄介になって、青山赤坂あたりはよく行商に歩きました」

となつかしそうに話し出した。

「父親が商売に失敗しまして、そのまま、患いついて歿りました。それで一家は離散となり、手前は母親の妹の許にあずけられたのでございます。幸いにも兄が甲斐性のある男で、随分と苦労をしたそうですが神奈川で一旗あげるまでになりまして、手前を迎えに来てくれました。今から三十何年も昔のことで……」

以来、兄弟で力を合せて商売のほうも順調に手を広げ、三年前には横浜に出店を持つまでになった。

「叔母とは時折、文のやりとりもして居りますし、ものをことづけたりもしているのでございますが、江戸へ参りましても、なかなか権田原まで足が伸びませず、心ならずも無沙汰をして来ましたので……」

いそいそと身支度して出かけて行くのを、

「叔母御様がさぞかしお喜びなさいますでしょう。お気をつけて行ってお出でなさいまし」

お吉は嘉助と揃って店の外まで見送った。

その吉右衛門が「かわせみ」へ帰って来たのは、ぼつぼつ夕暮という頃で、

「叔母も家族も、みな達者でございまして、良い一日を過して参りました」

手土産の団子を渡しながら嬉しそうに報告した後で面白い話をした。

「叔母の家の近所に春光寺と申すお寺がございまして、そちらの御住職が大層、説教がお上手とかで近隣の年寄が数多く集るそうで、手前の叔母も欠かさずお寺へうかがっているようなのですが、境内に桃の木が何本もございまして、今が花の盛り、是非、お前に見せたいと連れて行かれました」

たいして広くもない境内だが、十本余りの桃の木がところ狭しと枝を伸ばしていて、満開の花は色も香もなかなか見事で吉右衛門は思いがけない花見を堪能した。

「本堂から御住職がお客様を送って出て来られまして、そのお客がそれは御立派なお武家様で、お供が二人ついて居られました」

客が帰った後、住職が上機嫌で吉右衛門の叔母に挨拶し、今のお客は新規にこの寺の檀家となられた御旗本の御用人だと教えた。

昨年までは西国の或る大名に仕えて居たそうだが、どうも重役と意見が合わず、間違いのない中《うち》にと浪人したところ、或る旗本から是非にと声がかかって新規召し抱えになった。只今の主人

には大層、気に入られて良い奉公をしたと喜んで居るのだが、江戸には菩提所がない。老齢の母もいるので、万一の時に甚だ困る。ついては当寺は黄檗《おうばく》本派の禅宗とのことで先祖代々の宗派であるから、この際、師檀《しだん》の約束をしたいと申し出た。

無論、寺にとってはこの上もないことで、住職は喜んで承知したらしい。

「あとから叔母が住職に訊ねたことでございますが、そちらのお武家様は挨拶がわりにと白銀五十枚を御仏前にお供えなされたそうで、流石《さすが》にお江戸だと、つくづく感心致しました」

という吉右衛門の長話を早速、お吉は主人夫婦に御注進に及んだ。

「確かにそういう事情だと、江戸に菩提所を持たないと、いざという時、厄介だろうな」

どこの藩士だったのか、おそらく国許には先祖代々の墓があったに違いないが、主家を浪人して家族を伴って江戸へ出て来たのであれば、老母が死んでもそっちの厄介になるわけには行かない。

「でも、よろしゅうございましたね。立派なお旗本に仕官なさることがお出来になって……」

主人夫婦の反応はそんなもので、翌日、岡田屋吉右衛門は横浜へ発って行った。

三日ばかり、穏やかな日和が続いてから、江戸は嵐に見舞われた。

大風と大雨に雷のおまけがついて、一夜中荒れ狂ったのが朝方ふっつり止んで雲の切れ間から陽がのぞくと忽ち空のすみずみまで晴れ上った。

「かわせみ」でも奉公人が総出で家の周囲を掃除し、若い衆が屋根に上って瓦の割れた所を応急修理したり、庭木の倒れたのをひき起したりと大いそがしの一日が漸く終りかけた頃に畝源三郎がやって来た。

帳場から立って出迎えた嘉助に、

「横浜の岡田屋吉右衛門という客は、まだ滞在しているか」

と訊く。

「そちらは三日前の朝、横浜へ向けてお発ちになりましたが……」

宿帳をみるまでもなかったが、嘉助は律義に帳面を開いて源三郎の前にさし出した。

「やはり、権田原へ出かけた翌朝に発ったのだな」

商用で来た者がそう長滞在はするまいから、おそらくもう横浜へ帰っているだろうとは思って来たと源三郎が呟いた時、奥から東吾が顔を出した。

「源さんの声だと思ってね。御用の筋か」

久しぶりだなと、どこか嬉しそうな声でいう。源三郎が苦笑した。

「殺された者にとっては笑い事ではありませんがね。世の中、手のこんだことをやる奴がいるものですよ」

「面白そうだな。とにかく、上れよ」

顎をしゃくって連れて行った居間には、珍しくるいの姿がなかった。

「本所の麻生家で謡の催しがあるとかで狩り出されて、千春と出かけたんだ。生意気に花世の奴が仕舞なんぞしてみせるんだとさ」

麻生源右衛門は趣味人だが、とりわけ謡曲は年季が入っていて、同好の士が集っては腕を競い合う。演者ばかりで観客がいないのでは張り合いがないというので、なにかというと「かわせみ」にも招集がかかる。

「晩飯と土産つきという話だったから、当分は帰って来ないよ」

「東吾さんはうまく逃げたわけですな」

「当り前さ。こっちは餓鬼の時分から延々と聞かされているんだ」

居間でさしむかいになると、すぐお吉が酒の支度にかかる。

「番頭さんに聞きましたけど、岡田屋吉右衛門さんがどうかなすったんですか」

女中のお石に運ばせた酒の肴の膳をいい位置に並べながら訊く。

「ひょっとすると、お吉さんは吉右衛門が権田原へ出かけたのを知っていませんか」

源三郎がいい、お吉が大きく合点した。

「あちらは、叔母さんに会いに行きなすったんですよ」

「春光寺という寺へ参詣に行ったことは……」

「聞きましたとも、桃の花が満開で……」

「旗本の用人が檀家になった件は……」

「ええ。大層なお金をお包みになったんで、住職さんがほくほく顔だったとか……」

東吾が徳利を長火鉢の銅壺に入れながら口をはさんだ。

「そいつは、俺も聞いたよ」

「ならば話は早いです」

西国の某藩を浪人して、旗本の用人として奉公するようになった人品卑しからざる武士が、春光寺を菩提所に定め、住職もそれを了解してから三日目、

「つまり、昨日の夕方です」

用人の吉井恭三郎というのの使が春光寺に来た。

「母親が急に具合が悪くなって、医者を呼んだが介抱の甲斐もなくこと切れたというのですよ」

老齢と聞いていたので、住職は驚きながらも、すぐ支度をして使と共に出かけようとしていると、そこへ吉井恭三郎が若党数人に葬い駕籠をかつがせてやって来た。

みると、駕籠の上には女物の着物と白い布を打ちかけている。

「吉井がいうには、主家で葬いを出すのも憚り多いので、通夜も野辺送りも寺のほうで行いたい。天気も荒れ模様なので急いで運んで来たとのことで、住職も不審には思わなかったようです」

銅壺から燗のついた徳利を取り出しながら東吾がいった。

「わかったぞ。源さん、そいつらが押込みに早がわりしたんだろう」

酌をしてもらいながら、源三郎が笑った。

「流石ですね。東吾さん」

あっけにとられているお吉へいった。

「なにしろ、生き残ったのは小僧一人だけでして……」

「それじゃあ、お年寄が急に歿ったと申しますのは……」

「何もかも、全部、大嘘です」

西国浪人も、旗本の用人になった話も、菩提所の一件も、すべては寺へ押込むために仕組んだことだと源三郎がいい、お吉は声が出なくなった。

「しかし、それほどの大芝居をしてまで押込みをやらかして、春光寺にはそんな大金があったのかい」

自分も手酌で飲みながら、東吾が首をひねり、源三郎が合点した。

「あったのですな。大金が……」

説教を聞きに来る信者達がいい出して、本堂の修理や方丈の建て増しのための浄財を集めていて、それが三百両近くになっていた。

「大体、年寄というものは、口のうまい坊さんにかかったら、どんな吝《しわ》ん坊でも財布の紐をゆるめるようでして、春光寺の住職も金集めは相当、上手だったとみえます」

信者が寄進した三百両足らずの他に、それ以前から貯めてあったのがおよそ二百両、合せて五百両ばかりが御本尊の台座の下のかくし場所にしまってあった。

「五百両は大きいな」

殺されたのは何人だと訊いた。

「住職と弟子の坊さんが一人、それに寺男です」

「小僧が一人助かったといったが、逃げ出したのか」

「たまたま、寺にいなかったのです」

昨日は住職の説教日で、かなりの常連が集ったが、空模様がおかしくなったので早めに説教を切り上げ、おひらきとなった。

「集った信者の中に名主の母親が居りまして、これがまあ、寺にとっては大檀那で。年はとっていますし、足許もおぼつかないので小僧が鮫ヶ橋の近くの家まで送って行ったのです」

すでに降りはじめていた雨が途中で激しくなり、名主の家に着いた時は頭上で雷が鳴り出していた。

「少し待てば、雷も通りすぎるだろうと雨宿りをしていたものの、雨も風もひどくなる一方なので、思い切って戻って来た時、押込みは目的を果してひき上げた後だったというわけです」

光念というその小僧はなかなかのしっかり者だが、一夜あけた今日もろくにものが咽喉を通らず、それでも、檀家の人々とけなげに後始末をしていたと源三郎は話した。

「お寺社のほうから頼まれまして、手前が探索を仰せつかったのですが、吉井恭三郎の使というのが寺に来た時、光念は名主の婆さんの送りに出るところで、話は耳にしていたものの、使の男の顔なぞはよくみていないようなのです。もう一つ、吉井恭三郎なる者が最初に寺へ来た折も、光念は住職の用事で使に出ていて寺に居りませんでした」

つまり、吉井恭三郎とその供をして来た若党なぞの顔を見た者がみな殺されてしまっている。

「ところが、今日、寺に集って来た人々の話を聞いてみますと、檀家の一人、近所に住むお照という老女が、横浜から来た甥を伴って参詣に行き、ちょうど帰って行く吉井恭三郎一行を見ているのがわかりました。困ったことにお照は年相応に目が悪くなって居りまして、それで、甥について訊ねますと……」

「かわせみ」の名前が出た。

「やれやれ、これで東吾さんをひっぱり出せると、ここへ来たわけです」

岡田屋吉右衛門は、いざという時の首実検役であった。

「なにしろ、あまり手がかりが多くはなさそうなのですよ」

いささかくたびれた顔で膳の上の煮魚を突ついている友人を眺めて東吾は盃を干した。

「明日、軍艦操練所が終ったら、権田原へ行くよ」

いい匂いを漂わせて、お石が焼蛤を運んで来た。

二

翌日、源三郎との打合せ通り、軍艦操練所を出ると、東吾はまっすぐ深川の長寿庵へ行った。

源三郎はすでに来ていて、そそくさと腹ごしらえをすませると、長助をお供に揃って永代橋を渡る。

「かわせみ」への道を横目にみながら新橋へ抜けて虎の御門から赤坂へ出る。

天気はまあまあだが風が強い。

一ツ木の通りから新坂へ折れて突き当ると、正面に紀州家上屋敷がみえる。

「もう一息ですな」

源三郎が向い風に眼を細めながら呟き、三人の男は紀州家の長い塀に沿って暫く行ってから権田原へまがった。

春光寺は、はじめて来た東吾の印象では思ったよりこぢんまりしていた。境内はせいぜい五百坪ぐらいだろうか。本堂も方丈も建物が貧弱でしかも古びている。

「こんな寺の坊さんが五百両も貯め込んでいたなんて信じられねえようでござんすねえ」

長助があたりを見廻しながらいう。

「やっぱり、こいつは内《なか》の事情を知っている奴が一枚嚙んでいるよ」

東吾の言葉に源三郎もうなずいた。

「それにしても厄介ですよ。なにしろ檀家の者は、住職のへそくりは別にしても、寄進の金が三百両近く集っているのは知っていたようですから……」

方丈には檀家の主な人々が集っていた。

本堂のほうはすっかり清掃され、殺された三人の遺体を安置して野辺送りの支度も整っているのだが、そこで人殺しがあったとわかっているだけに、どうも気味が悪いらしい。

源三郎の姿を見た檀家の人々の中から名主の徳兵衛というのが立って来て挨拶をし、光念を呼んだ。

まだ顔色は青いが、眼鼻立ちのしっかりした容貌で十五という年齢にしては大人びてみえる。

「すまないが、もう一度、一昨日の話をしてもらいたい」

源三郎が口を切り、東吾が代って訊いた。

「一昨日は説教日だったが、天気が悪くなって来たので早めに終ったそうだが、それは何刻頃だったかわかるか」

光念の返事は早かった。

「七ツ（午後四時）にはなっていたと思います」

説教の日は大体、八ツ（午後二時）頃に信者が集って来て、小半刻（三十分）くらいは雑談をしたり茶を飲んだりしている。大体、常連の顔ぶれが揃ったところで、住職が説教をはじめるのだが、それが普通は一刻（二時間）ばかりだと光念はいった。

「いつもはお説教が終ってから皆さんが和尚さんにいろいろお訊きになったりして、遅くも暮六ツ(午後六時)にはどなたもお帰りになるのです。一昨日は和尚さんが話をしている最中から空が曇って来てまるで夕方のような薄暗さになって来たので、皆さんがそわそわなさり出して……」

結局、説教を端しょった感じで終いになったといった。

「七ツに終って、みんな帰り出す。あんたが隠居を送ってここを出たのは七ツ半（午後五時）ぐらいか」

「もう少し遅かったと思います。御隠居さんは家から迎えが来るかも知れないとおっしゃって愚図愚図してなさいましたから……」

少し離れた所にかたまっていた人々の中から名主の徳兵衛が頭を下げた。

「その、手前どもでは説教が早く終るとは思って居りませんで……」

源三郎が手を上げて名主を制し、東吾はかまわず続けた。

「あんたが隠居と一緒に寺を出る時、使の男が来たんだな」

「御隠居さんの手をひいて廊下へ出た時、寺男の権三さんが玄関のほうから来て、和尚さんに、この前おみえになった吉井様の御母堂様が急にお歿りになったそうですといいました。和尚さんがびっくりした声で、あのお旗本の御用人さんのかねといっていました。わたしはそのまま御隠居さんと玄関へ出て来ると、使の人が雨の降り具合でもみていたのか、わたし達に背をむけて空を眺めていました」

「あんたには声をかけなかったのだな」

「はい、ただ、御隠居さんを連れて外へ出てから、奥から権三さんが戻って来たらしくて、只今、和尚さんが支度をしますので、というのと、使の人が、今、出て行ったので信者さんはみんな帰ったのかね、と訊いているのが聞えました」

自分が耳にしたのは、それきりだといった。

「よくわかった。もう少し訊きたいことがあるが、ちょっと待ってくれ」

東吾が源三郎に訊いた。

「吉井恭三郎が葬い駕籠をかつぎ込んだというのは、誰が見たんだ」

源三郎が檀家の人々のほうへ視線を向け、その中から女が一人、当惑げにお辞儀をした。

「お浜といいまして、この寺の裏に住んでいまして……」

うながすように源三郎がいい、お浜と呼ばれた女がそっと立って来た。

三十そこそこだろうか、ろくに化粧をしていないのは、こんな場合だからで、それにしては色の白い、優しい感じの女であった。

「一昨日、あたしもお説教を聞きに来ていまして……」

ためらいがちに話し出した声が柔かい。

「皆さんがお帰りになり出して、あたしも裏から帰りました。あたしの家は勝手口から出たほうが近いものですから……」

家へ帰ってから数珠を忘れて来たのに気がついた。

「粗末になってはいけないと取りに戻って来て勝手口を入ると権三さんが茶の支度をしていて、今、吉井様が親御さんの遺体を葬い駕籠で運んで来た。御主人の屋敷では通夜も野辺送りも出来ないのでこっちですることになったのだと話してくれました。あたしは数珠を取って、すぐに帰ったんですけど、まさか、こんな……」

いいさして、うつむいてしまった。

「そいつは危かったな。もし、手伝いでもしていたら、あんたも巻き添えになるところだった」

東吾の言葉に身慄いしている。

「ところで、この寺の本堂に寄進された金がしまってあったことは、檀家の主だった者は知っていたのだろうな」

部屋を見廻すようにして東吾がいい、集っていた人々は各々に頭を振った。

「存じませんでした。こんなことになって初めて……」

代表するように名主の徳兵衛が返事をした。

「お前はどうだ」

東吾の視線がむいて、光念はうなずいた。

「知っていました。お弟子の良念さんもです。寺男の権三さんは知らなかったと思いますが……」

「和尚があんた達の他に、金のかくし場所を教えた者があると思うか」

「わかりませんが……」

考え込むようにして続けた。

「和尚さんはとても要心深い人でしたから……」

「和尚に身内は……」

「聞いたことがありません」

親類縁者が訪ねて来たことも、自分が知る限りないといった。

「まあ、坊さんというのは俗世と縁を切っているわけだからなあ」

とってつけたような一人言を口にして、東吾はひっそりしている光念へ聞いた。

「俺は仏事のことはよくわからないんだが、もし、こないだのように歿った仏さんを寺へ運んで来たら、いきなり本堂へ上げるのか」

「そうです。法要がすんでから、家族の人に方丈でお接待をすることはありますが……」

「運んで来た人間もそのまま仏さんと一緒に本堂へ上る。坊さんも本堂へ行く」

「はい」

「寺男はどうだ」

「いろいろ用事がありますから、多分、和尚さんに呼ばれると思います」

とすれば、和尚と弟子の坊さん、それに寺男が本堂で惨殺されたのはおかしくはない。

方丈を出て、東吾達は本堂への渡り廊下へ向った。光念は源三郎に声をかけられてついて来る。

正面にやや小ぶりの阿弥陀仏が安置されて居り、その台座の裏がぽっかり空いているのは、かくしてあった金を押込みが盗み出す際、鍵をぶちこわしたせいである。

仏前には三つの遺体がおかれて、その前の経机に香がたかれていた。

「住職は御本尊の左手に、弟子僧はその横、寺男はこの渡り廊下から本堂へ入ったあたりに倒れていました」

三人の遺体の位置を源三郎が示し、光念が一々、同意した。

「お役人がみえるまで、決して動かしてはいけないと檀家の人達がいいましたから……」

「あんたは、死体をみつけて、まっ先にどこへ知らせたんだ」

「門前の花屋です。彦爺さんが檀家中を走り廻ってくれて……」

みんなが集って来るまで花屋にいたといった。

「とても一人でお寺へ戻る気にはなれませんでした」

それから東吾は三人の遺体を検《あらた》めた。

住職は背後から袈裟がけ、弟子僧は脇腹へ一太刀、寺男は正面から胸を突かれている。寺男以外は別に首へ止《とど》めを刺していた。

「念の入った殺し方だな」

下手人は剣術の修業をした者、武士の可能性が高いが、止めを刺したのは、万に一つも生き返っては困るからで、

「これは顔見知りの犯行か、或いは怨みを持つ者の仕業でしょう」

と源三郎もいう。

境内へ出た。

桃の花が見事であった。そのはずれに葦簾《よしず》が丸めてたてかけてあり、縁台が二つ、これも葦簾に寄りかかるような恰好で立っている。

「ここは茶店でも出しているのか」

東吾が光念をふりむき、

「桃の花の咲いている間は参詣人が多いので……」

と光念が答えた。

「寺でやっているのか」

「和尚さんの許しをもらって、お浜さんが……、でも、あの人は気まぐれだから……」

どっちにしても、寺がこの状態では茶店どころではなかった。

「いろいろ聞いて気の毒だが、あんたは寺に運ばれて来る葬い駕籠をみていないのだな」

境内をぐるりと見廻して東吾がいい、光念は、はっきりと、

「見ていません」

と返事をした。

「いろいろと教えてくれて助かった。つらいだろうが、しっかり飯を食っていやなことは忘れるようにしろよ」

いくらかの銭を紙にくるんで光念に渡し、東吾は源三郎と長助をうながして裏門へ出た。

そこは安鎮坂に面している。右へ行けば権田原、左へ行けば鮫ヶ橋である。

「光念はこの門を出て、鮫ヶ橋へ名主の家の婆さんを送って行ったんだな」

どちらへ行っても、道のむこう側は紀州家の塀、寺側の並びは武家屋敷であった。

晴れている今日のような昼下りでも人通りは全くない。

境内を後戻りして表門へ出た。

こちらは町屋で、花屋をはじめ乾物屋、菓子屋、小間物屋と商店が並んでいる。店はみな開けているし、買い物客の姿もある。

「待てよ。光念はこっちから行ったのかも知れないぞ」

安鎮坂と平行に道があった。先のほうで一つになって鮫ヶ橋へ向っている。

「ちょいと、確かめて参ります」

長助が寺へ走って行って、すぐに戻って来た。

「やはり、こっちから出たそうで……」

町屋を抜けて行くほうが、なにかと都合がよい。

「安鎮坂のほうは日が暮れると追いはぎが出るなぞと申して居りました」

「そいつは剣呑《けんのん》だな」

苦笑して源三郎と長助を等分に見た。

「葬い駕籠は、どっちから来たのかな」

源三郎が苦笑した。

「はっきりしないのですが、門前の花屋の親父は見ていないと申しています」

「念のために、もう二、三軒、聞いてくれないか。あの夕方、春光寺へ向う葬い駕籠をこの通りで見た者はいなかったか」

駕籠の上に女物の着物と白布を打ちかけた葬い駕籠は誰の目にも異様に見える筈だといいかけて、東吾が気づいた。

「その葬い駕籠を見たといったのは誰だ」

「お浜です。権三から話を聞いて自分の家へ帰る時、気になって本堂のほうをのぞいたら、そういう体裁の駕籠が本堂の前に止っていたと……」

「とすると、他に葬い駕籠を見た者は……」

「今のところ、ありませんが、もし、駕籠が町屋のほうから来て表門を入ったのなら、おそらく何人か出て来るでしょう」

長助が合点した。

「あっしはこの道を行って、聞いて参《めえ》ります」

青山へ向って南町、八軒町と続いている。

「俺達は権田原のほうから行くよ。紀州様の角へ出たところで待ち合せよう」

春光寺の表門と裏門とに分れた。

東吾と源三郎は安鎮坂へ出た。寺の両隣は武家地だが、坂の突き当りを道なりに左折し、すぐに突当って、再び道なりに右折すると御先手組屋敷の先に小さな町屋が路地へ向って細長く続いている。

角が煙草屋で、店先で煙草を買っていた女がこっちを見た。お浜である。

「あんたの家はこの近所か」

人なつこい調子で東吾が声をかけ、お浜は買った煙草の包を袂にしまいながら会釈をした。

「この路地の突当りです」

路地の片側にぽつんぽつんと四軒ばかり小さな家が建っていた。長屋ではなく、各々の家の周囲には僅かながら空地がある。

「あんたが数珠を取りに戻った時、本堂の前に止っていたという葬い駕籠はどっちから来たと思う」

だしぬけに聞かれて、お浜は目を大きくしたが、

「表の門からじゃありませんか」

いささか頼りなげな返事をした。

「あんたは会わなかったんだな」

「ええ、行きも帰りも……」

小腰をかがめて路地の奥へ走って行った。

それを見送ってから東吾は煙草屋へ寄っていつも嘉助が愛用しているのを一包買った。

「ここは小さな町屋だが、町名はなんというんだ」

「三軒家町ってんですよ」

皺だらけの顔で婆さんがいい、東吾は、

「それにしちゃあ、家はここを入れて五軒あるなあ」

冗談らしく笑った。

「大方、町名が出来てから、二軒増えたんじゃありませんか」

武家地の中の小さな町に住んでいるだけあって、婆さんは武家に対しても口が軽い。

「あんたの所は古いのか」

「死んだ亭主の祖父《じい》さんの代からここに住んでいたそうでね」

「今の女も古いのか」

「あの人は昨年、ひっこして来たんですよ。最初は弟と一緒だったが、弟がどこかに奉公して、たまには帰って来るようだが……」

「商売はなんだ」

「町人ではねえですよ。武家奉公だとお浜さんはいってたが……まあ、渡り中間《ちゅうげん》かなんぞじゃありませんかね」

話好きそうな煙草屋の婆さんにも、一昨日の夕方、この前の道を葬い駕籠が通るのを見なかったかと聞いてみたが、

「あたしはお客が店へ来て声をかけるまでは、そこの茶の間のほうにいるから、表を誰が通ったかなんぞわかりゃしませんよ」

あっさり首をふられてしまった。

権田原の道を青山へ向う。

「葬い駕籠がこの道を通って春光寺へ行ったとすると、見た人間を探すのは難かしいと思います」

三軒家町から先は武家屋敷ばかりであった。

小役人の家がごちゃごちゃと並んでいる所まで行って待っていると、やがて長助が走って来た。

「どうも、いけません」

むこうの道も町屋のあるのは春光寺の門前ぐらいのもので、すぐに武家地になるといった。

「店という店は残らず聞いてみましたが、誰一人、葬い駕籠を見たって者が居りません」

もっとも、雨はもう降り出していた。

風も強く、雷鳴も聞える荒天に慌てて店の戸を下した者も少くはない。

「戸を下しかけている時にでも通りますと具合がよかったんですが、閉めちまった後ですと、これはどうも……」

「念のため、鮫ヶ橋の方も訊いてみましょうか」

長助の報告を聞いて源三郎がいった。

「光念は会わなかったといっていますが、どこかで行き違ったかも……」

だが、東吾にはその気がないようであった。

「たいがいのことはわかったつもりだ。今日はこれでひき上げよう」

風がやんで、空に薄く月が上っている。

三

東吾が源三郎と相談をし、長助と飯倉の仙五郎が権田原周辺を歩き廻った。

一方、源三郎は旗本の用人で吉井恭三郎という者はいないかというまことに厄介な調査に取り組んだ。

なにしろ、吉井恭三郎なる者が奉公している旗本の名が知れていないので面倒であった。

更にいえば、吉井恭三郎という名が本名かどうかもわからない。

「偽名にきまっていますよ。押込みを働くために春光寺を菩提所にしたいなんていって来たのですから、本名のわけはありません」

東吾から話を聞いて、お吉は早速、自分の意見を述べたが、いつも味方をしてくれる東吾が決してそうだとはいわない。

「番頭さんはどう思います」

と嘉助に水を向けても、

「さあねえ。畝の旦那のお調べのほうがすまないことには何ともいえないねえ」

涼しい顔で東吾からもらった煙草をふかしている。

「冗談じゃありませんよ。折角、お寺社のほうから頼まれなすって、畝の旦那のお手柄になる一件がさっぱり埒があかないんじゃあ、御面目にもかかわるんじゃありませんかね」

お吉はしきりにやきもきしたが、春光寺の一件はしんとうずくまったまま動かなくなっている。長助が「かわせみ」へとび込んで来たのは事件が起ってからおよそ半月、江戸はもう夏になっていた。

「やっと、動き出しました」

お浜が煙草屋の婆さんに、弟が仕官の道についたので一緒に暮せるようになったから、今の家をひき払って弟のほうへ行くことに決めたと話したという。

「今までは渡り中間のような立場だったが、幸い上役に認められて、正式に御奉公するようになったのだと、そりゃあ嬉しそうに話したそうです」

長助が鼻をうごめかし、東吾は訊いた。

「源さんはどうした」

「御奉行所のほうから、まっすぐあちらへ」

「よし、俺も行こう」

すでに夕方であった。

大川端を出て、まっしぐらに権田原へ。

長助が案内したのはなんと角の煙草屋で、裏からそっと入ると、源三郎が顔を出した。

「婆さんには別の理由をいいこしらえまして、今夜は千駄ヶ谷の娘の嫁ぎ先へ泊ってもらうことにしました」

その婆さんはすでに源三郎の若党に送られて千駄ヶ谷へ行っている。

「今夜に間違いないのか」

「まず、間違いないでしょう。さっき、弟といっている奴が、お浜の家に入りました」

春光寺の事件以来、あまり出歩かなくなっていたお浜が三日前にあたふたと出て行って夕方に帰って来た。

「仙五郎が尾けまして、行った先は青山百人町の御家人の屋敷で……」

屋敷といっても下級武士の住む長屋で、

「あの辺りについてはよく知っているつもりでしたが、軒は落ち屋根には穴があいていて、全くひどい暮しでした」

その一軒にお浜の弟と称する男は厄介になっている。

「年下には違いありませんが、弟ではないですな」

「源さん、百人町へ行って来たのか」

「昨日、それとなく、仙五郎と眺めて来ました」

部屋の中には灯がなかった。

「婆さんが留守ということになっていますので……」

店のほうは閉めてしまっている。

「客が来ると面倒です」

もっとも、この附近は夜になって煙草屋へ来る客はあまりいない。

仙五郎が稲荷鮨の包を広げた。

「こんなものでなんですが……」

だが、東吾も源三郎も喜んで手を出した。

「それにしても、案外、早くひっかかって来たな」

東吾がいい、源三郎が仙五郎と長助を眺めた。

「けっこう苦労して餌をまいたようですよ」

春光寺の檀家の人々の中を噂がとびかった。

お上が、今度の一件は必ず檀家の誰かの仕業だろう。少くとも、かかわり合いがあるに違いないと一軒一軒、素性を調べている。

胡乱《うろん》な者のところは、家探しをされるかも知れないとまことしやかに触れ廻る者もあって、だんだん、みんなが疑心暗鬼にとりつかれて来た。

「臑《すね》に傷持つ者にしたら、じっとしては居られなくなりますよ」

相変らず東吾さんは智恵者ですね、と源三郎はおだてるようなことをいって笑っている。

「まだ、とっつかまえてみなければわからんだろうが……」

「十中八九といいたい所ですが、間違いはないでしょう」

「あんまり過信しないほうがいい」

「おや、東吾さんは土壇場になって逃げ腰ですか」

「俺だって間違いはねえと思ってるがね」

長助がいった。

「それにしても、うまくやっていたと思います。最初、檀家を聞いて廻っていて、どいつもこいつもそんなわけはねえという。流石のあっしもこの件ばかりは若先生の見込違いじゃねえかと心配になりました」

仙五郎もいった。

「お浜の家の庭から武家屋敷の間の道ともいえねえようなすきまをたどって行くと、春光寺の桃林の脇に出るってのがわかった時にはとび上っちまいました。坊さんがあそこを通って来る分には誰にも見とがめられっこありませんや」

「それにしても、東吾さん、どうしてお浜と春光寺の住職がいい仲だと気がついたんですか」

にやにやしながら源三郎がいい、東吾はぼんのくぼに手をやった。

「大人の目はごま化せても、子供の目は怖いってことさ」

「光念が知っていたんですか」

「俺が、住職には身内はなかったかと訊いた時に、あいつはさりげなくお浜の表情を窺っていた。その前に、本堂の金のかくし場所を知っていた者について訊いた時も、やっぱり遠慮がちに同じそぶりをみせている。二度、同じことが続いたんで、こいつはひょっとすると、と思ったんだ。しかも、その時、俺はお浜の話を聞いて、もしや、と考えはじめていた。お浜が住職の色女で、金のかくし場所にも気がついているとなれば、俺の考えには筋道が立って来る。ただし、お浜にれっきとした男がついていることが条件さ」

「仙五郎と長助の働きで、それも裏づけがとれましたからね」

静かに夜が更けて、武家屋敷に囲まれた三軒家町は犬の遠吠えも聞えなくなった。

「源さん」

ふっと慌てた声で東吾がいった。

「あいつら、通り抜けの道から逃げやしないか」

低く、源三郎が笑った。

「実は手前もそれを考えて東吾さんに来てもらったのですよ。こっちを東吾さんと仙五郎、春光寺へ出る道のほうに手前と長助が網を張るつもりだったんですが、今日になってその必要がなくなりました」

抜け道の途中が、先手組屋敷の普請のために木材などでふさがれてしまったとおかしそうに告げた。

「通れないのか」

「とても無理です」

「そりゃあ助かったな」

ことりと戸の開く音が遠くで聞えた。

路地の奥である。

ひたひたと土を踏む音が近づいて来る。

四人の男はすでに行動を起していた。

煙草屋の裏口から出て、表の道を左右に分れる。

月光が路地から出た二人の男女を照らし出した。

一人は若い武士、一人はお浜。

武士は背に如何にも重たげな小葛籠《つづら》を背負っている。

二つの影が鮫ヶ橋の方角へ曲りかけた時、源三郎が立ちふさがった。

「南町奉行所同心、畝源三郎、役目をもってお訊ね致す。まず、御尊名を承りたい」

お浜が男をかばうように前へ出た。

「お役人様、私でございます。こちらは私の弟にて、このたび仕官がかないましてそちらのお屋敷に……」

「では藩名をお聞かせなさい」

男がお浜の肩を押した。

「不浄役人に答える必要はない」

東吾が背後をふさぐように立った。

「このあたりは夜な夜な辻斬が徘徊すると聞く。疑われたくなくば、姓名を名乗られい」

「問答無用」

抜打ちであった。

男がねらったのは正面にいた源三郎ではなく、ごく自然体で近づいていた東吾だったが、これは全くの見込違いで、無言のまま抜き合せた東吾の剣は棒切れを払いとばすように相手の剣を打ち落し、返す刀が鮮やかに男の背負った小葛籠の紐だけを斬っていた。

がらがらと音を立てて小葛籠が地面へ落ち、長助が走り寄って蓋を取った。

中は小分けにした金色の山であった。

小判に一分金、二分金、一分銀、二朱銀、一朱銀、ざらざらと音を立て、月光に光っている。

すでに、男とお浜は縛り上げられていた。

四

畝源三郎の取調べに男の素性が明らかになった。

下総牛久一万七千石山口筑前守の藩中で深谷仙之介という軽輩で、一年前、国許で事件を起し放逐されて江戸へ出て来た。

仕官をしたというのは大嘘で浪人者である。

「なんと、そいつは人の女房を寝とって逃げた色男なのさ」

一件落着してから「かわせみ」の居間で到来物の初鰹を土産に持って来た畝源三郎を相手に東吾はいい機嫌で盃を上げていた。

「女でしくじって、手に手を取って江戸に出て、母親の遠縁に当る御家人の家へ居候をきめたが、まさか女連れとは行かねえだろう。女のほうはとりあえず金を稼ぐために鮫ヶ橋の岡場所へ身を沈めたんだが、あそこはどういうわけか坊さんのお客が多い。忽ち、春光寺の住職といい仲になって、借金を払ってもらって近所に妾宅をあてがわれたってわけさ」

信者を装って寺にも出入りをし、世渡り上手に日を送っていたが、深谷仙之介との縁も切れてはいない。

「春光寺の住職はみかけによらず金集めが上手で、寺にはかくし金が何百両とある。用心深い筈の住職も女には弱くてうっかり自慢、旁《かたがた》、金のありかを教えてしまった。お浜は早速、それを深谷仙之介に知らせる。あとはどうやって、自分達が下手人と知られずに金を奪い取れるかさ」

お酌をしていたお吉が待っていたとばかりに口をはさんだ。

「そう致しますと、春光寺を菩提所にしたいからとやって来た立派なお侍というのが深谷という人で……」

「あれは関係ないんだ。第一、深谷仙之介と吉井恭三郎とは年齢が二十も違うんだ。化けて化けられないことはあるまいが、吉井の件は別っこだ」

もっとも、と初鰹に箸をのばしながら続けた。

「吉井があの寺へやって来たことが、お浜達にきっかけをつかませたんだから、まるっきり関係がないとはいえないこともないんだがね」

「どういうことなんでございますか。私にはさっぱりわかりませんです」

お吉が開き直って、源三郎が助け舟を出した。

「要するに、春光寺にあの夕方、葬い駕籠がかつぎ込まれて、住職がさあさあどうぞと本堂へ通したのは、前もって吉井という立派な武士がここを菩提所にしたい、実は老母もいることで、いつ何時、不慮のことがあるかも知れないので、その時はよろしくと挨拶されていたからでしょう」

「さいでございます」

「きっかけになったというのは、そのことです」

吉井の話から金を盗む段取りを思いついた。

「そうしますと、深谷という人が仲間をかたらって葬い駕籠をかつぎ込み、坊さん達を殺してお金を盗んだわけで……」

「深谷が金を盗んだのは本当ですが、別に仲間をかたらったわけではありません」

「でも、駕籠をかついだり、一人じゃ無理でございましょうが……」

「駕籠はかつぎ込まれて居りません」

「なんですって……」

るいがお吉を制して、東吾にいった。

「全部、作り話ってことなんですか」

「うちの内儀さんは、やっぱり鬼同心の娘だよ」

満足そうに東吾が盃をさし出した。

「話が菩提所の一件からつながってみえるから欺されるんだ。そいつをまず消してみる。葬い駕籠をみた者ってのは殺された人間以外はお浜一人なんだ。お浜がこういう駕籠が来て本堂へ運び込まれましたというから、大勢でやって来て一芝居打って人殺しをしたと考える。葬い駕籠なんてものは、最初《はな》っから来やしないんだ」

お吉がむくれた。

「でも、光念という小坊主さんも名主さんの御隠居さんも、使の人が来て、吉井様の御母堂様がお歿りになったって……」

「使の人ってのは、深谷仙之介さ」

「あらま」

「光念と隠居は寺を出て行く。そのあとの下手人は深谷とお浜さ」

源三郎が説明した。

「二人を取調べてわかったことですが、お浜は本堂に吉井様がおみえになりましたと知らせたそうです。住職は驚いて良念と一緒に本堂へ行く。待ちかまえていた深谷が二人を殺し、続いて、お浜から住職が呼んでいるといわれてやって来た寺男の権三も殺害した。深谷にとってはなんでもない仕事です」

台座の下から金を取り出して、二人は抜け道からお浜の家へ逃げた。

「あとは光念が帰って来て大さわぎになる。光念が見た吉井からの使と、お浜の話が一緒になると、来もしない葬い駕籠が来て、何人かの男によって坊さん達が殺され、金を奪われたという物語が出来上るのです」

「なにもかも嘘だったんですか」

「芝居っぽいところは、全部、でたらめです」

るいが眼許を笑わせた。

「では、吉井恭三郎様とおっしゃるお方はどうなのでございますか。うちへお泊りの岡田屋さんが叔母さんと一緒におみかけしたという……」

源三郎が真面目に返事をした。

「そちらは本物でした」

「やっぱり……」

東吾が友人に酌をしてやりながら自慢らしくいった。

「源さんも凄いよ。旗本八万騎をことごとく調べまくって、とうとう用人、吉井恭三郎をみつけ出したんだ」

「八万騎は大嘘ですよ。少々、手間はかかりましたが、案外、うまくみつかりました」

大番組頭五千石の本田頼母の用人が吉井恭三郎だったと教えた。

「手前がおたずねして詳細を話したところ、仰天されましてね。御当人にはなんのかかわり合いもないことながら、盗っ人に利用されてしまったわけですから……」

おまけに折角みつけた菩提所は住職が殺されて縁起でもない寺になってしまった。

「お気の毒ですね」

るいが呟き、まだ、どこか納得しないお吉が最後にいった。

「そうしますと、吉井様の御母堂様はお歿りになったわけではございませんのですね」

「生きているよ。ぴんぴんしている。第一、今、死なれたって春光寺には坊さんがいないんだからな」

東吾が笑いとばし、それでもお吉は今一つ合点しない顔でお燗番をしていた。

深谷仙之介は打首、お浜は遠島となり、取り返した五百両ばかりの金は、一部は各々に返却され、残りはお上に没収された。

春光寺はその年の終りに本山から代りの坊さんが来たが、翌年の春、権田原一帯を焼野原にしてしまった大火事の際、その住職が逃げ遅れて焼死し、寺も丸焼けになってからは二度と再建されることはなかった。

メキシコ銀貨《ぎんか》

一

春が過ぎて四月に入った。

初夏である。

海から吹きつける風は爽やかで、大川の河口のあたりは釣舟も出ている。

だが、鉄砲洲稲荷をむこうに見る高橋《たかばし》の上で、神林麻太郎と畝源太郎が飽きもせず眺めているのは江戸湾に浮んでいる帆船であった。

その船は蟠竜丸《ばんりゆうまる》という幕府の軍艦であった。

もともと、イギリスのビクトリア女王が自分の持船として建造させたのを、安政五年に徳川家へ贈って来たもので、むこうでの船名は「エンペラー」というのだと、二人の少年に教えたのは軍艦操練所に勤務している神林東吾であった。

と答えられる。

船種は木造三檣《しょう》暗車汽船というのも、寸法が長さ二十三間一尺、幅が三間三尺、深さは二間一尺、そして馬力が六十馬力、大砲を四門備えているなぞということも、二人の少年はすらすらと答えられる。

船が大好きの少年であった。

稽古帰りに少し遠廻りしてこの高橋を渡るのも、そこから見渡せる海に、もしや大船が来ていないかと期待に胸をふくらませてのことである。

この節、江戸湾には立派な帆船が入津して来ることが増えている。

以前は長崎でしか見ることの出来なかった幕府の御用船や大藩が建造したという洋式の船がお披露目にやって来たりもする。

二人の少年にとって嬉しいことは、船は入津して来ると、すぐに出港しては行かないので、その間、じっくりと観察し、軍艦操練所から退出して来る東吾を待って、船名やその船の由来なぞを教えてもらう。

そして、その船の特徴を記憶に焼きつけ、いつ、どこでその船に出会っても、即座に船名を見わけられるよう競い合っている。

もう一つ、どんなに難かしい漢字でも、船名だけは二人ともしっかり書ける。

二人が蟠竜丸に対面するのは、これが二度目であった。

高橋は傾斜が急な太鼓橋である。それをかけ上りながら、

「蟠竜だ」

「エンペラーだ」

と同時に叫んで、その後は肩をぶつけ合うようにして見とれている。

夕暮の海岸はどこまでも青く、西陽がその一部を茜色に染めている。その中にあって帆船は白い一羽の鳥のようであった。

「美しいな」

麻太郎が呟き、源太郎が大きく合点した。

「長崎から戻って来たのかな」

「そうかも知れない」

「神林先生は、あの船に乗られるのだろうか」

「さあ、どうかなあ」

「乗られるといいのに」

「叔父上がお帰りになったら訊いてみよう」

その神林東吾が今日はまだ軍艦操練所から退出して来ていないのを二人は知っていた。

ここへ来る前に「かわせみ」へ寄って嘉助に確かめて来ている。

「蟠竜丸が来たから、退出が遅くなって居られるのかも知れないな」

それにしても、ここに居れば、やがて東吾が鉄砲洲稲荷の脇の道へ現われる筈であった。

高橋のあたりは人通りが少なかった。

橋の下は亀島川だが、それと枝分れをするように、もう一本の川筋が京橋へ向って流れている。

そっちの川の上にも太鼓橋が架っていた。

東吾が来る道を眺めて、麻太郎はその橋の上に相撲取りのような大男が立ち止って、やはり海上の帆船を見物しているのを認めた。

もう一人、男がこれも船に気がついたのか、大男に近づいて来る。

麻太郎と源太郎が同時にあっと声を上げたのは、近づいた男が大男の提げていた包をひったくって逃げたからである。

蟠竜丸に心が残っていたが、二人の少年は走り出していた。

高橋をかけ下り、もう一つの太鼓橋へ上る。

大男はよろよろと追いかけていた。その横をすり抜けて鉄砲洲稲荷への道へ下りる。

「右へまがったぞ」

麻太郎が叫び、一足先を走っていた源太郎が、

「おう」

と応じた。

その道は松平阿波守の下屋敷の脇であった。

片側は町屋だが家並が少く、商家がない。ということは、

「泥棒だ」

と呼ばわっても、出て来て加勢してくれる可能性は薄い。

正直のところ、麻太郎も源太郎も声を出す余裕がなかった。全力で走っているのだが、逃げる

男は滅法、足が速い。

遥か前方で男が又、道を折れた。

その一帯は武家屋敷が続いている。大名の下屋敷などというものは、およそ外で何が起っていても、顔を出すことがない。

「待て」

と源太郎が叫んだ時、麻太郎は前方に人を見た。

「叔父上」

顔の見えない遠さでも、麻太郎にはその人がわかる。麻太郎の声で、源太郎も気づいた。

「先生、泥棒です、泥棒……」

東吾はすでに走っていた。

前方と後方から追いつめられて立ち往生した男は今来た道を逆戻りした。そこに横へ逸れる軽子橋がある。

源太郎が男に近づいた。

男の手が上って、源太郎に包を投げつけた。

避けようとして源太郎がころんだ。

男はその間に軽子橋を渡って逃げる。

「源太郎、大丈夫か」

東吾が走り寄って来た時、源太郎は麻太郎に抱き起されていた。

「先生、大丈夫です。申しわけありません」

立ち上りながら、地上に落ちていた包を拾った。ちゃりんと音を立てて小判が数枚、散らばった。

東吾が包を受け取り、その手触りではっとした。風呂敷包の中は、明らかに小判である。

「お前達、そのあたりを探せ」

いい捨てて、包をしっかり抱えて軽子橋を渡った。

が、橋のむこうはごちゃごちゃと小禄の御家人の住居がかたまって、その間に大名の下屋敷が点々としている。

人通りはまるでなく、道は複雑に交叉していて、どっちへ走っても逃げた男の姿は目に入らなかった。

残して来た二人の子のことも心配で、結局、東吾はぐるりと一巡して軽子橋へ戻って来ると二人がとんで来た。

「落ちていたのは三両でした」

源太郎が小判を渡し、麻太郎は握りしめていた手をそっと開いた。

「今の泥棒が落したのかどうかはわかりませんが、こんなものが……」

一分銀を丸くしたような形をしている。表には木に止っている鳥の模様が打ち出され、裏は中心から四方八方に筋のようなものが広がった形が刻印されている。

「こいつは……メキシコ・ドルラルという奴だよ」

西洋の銀貨だと教えられて、麻太郎は自分の手の中をつくづく眺めている。

二人を伴って、東吾は高橋のほうへ向った。

風呂敷包をひったくられた男がどうしているかと思ったからだったが、高橋までの道中、その左右の道なぞも覗きながら行ったというのに、肝腎の男の姿がなかった。

「大きな……でっぷり肥った人でした。背も高く、でも少しぼんやりした感じで、ものを奪《と》られたというのに、すぐ追いかけることも出来ず、私達が追い越して行った時も、ああとか、ううとか奇妙な声を出したきりで」

麻太郎がいい、源太郎は、

「縞の着物を着ていました。みたところ、お店者《たなもの》ではないかと思いましたが……」

とつけ加えた。

高橋を中心に三人が探し廻ったが、そんな男の姿を見たという者にも会わない。

「大金を奪られて逆上したんだろうが、妙な量見を起さなけりゃあいいがな」

あいにく、このあたりには番屋もない。

止むなく東吾は決心した。

「とにかく、源太郎の屋敷へ行こう」

ひったくりの泥棒を見失ったのは残念だったが、初夏とはいえ、ぼつぼつ足許の暗くなって来ている時刻なので、東吾は二人の少年をうながして歩き出した。

八丁堀の組屋敷の中にある畝家へ行ってみると、源三郎は帰って来たばかりで、玄関へ出ていたお千絵が、東吾と一緒の二人の少年を見て、ほっとした顔になった。

「たった今、神林様からお使があって、麻太郎様がまだ戻らないが、源太郎も一緒ではないかとお問い合せがございましたの」

二人の少年が顔を見合せて首をすくめ、東吾は畝家の若党にいった。

「すまないが、兄上の屋敷へ行って、麻太郎は俺が一緒で、間もなく送ってそっちへ参るからと伝えてくれないか」

若党は心得て走って行き、源三郎が東吾を眺めて苦笑した。

「何か、あったようですね。とにかく、上って下さい」

居間へ入る前に、源太郎が廊下にすわって両手をついた。

「御心配をおかけして申しわけありません。蟠竜丸が入津していたので、鉄砲洲の高橋の所まで、麻太郎どのを誘って見に参りました。お許し下さい」

麻太郎が同じように頭を下げた。

「蟠竜丸を見に行きたいと申したのは私です。どうか、源太郎どのを叱らないで下さい」

一足先に座敷へ入った東吾がいった。

「こいつらを船好きにしたのは俺にも責任がある。勘弁してくれ。しかし、蟠竜丸はいつ見てもいい船だろう」

麻太郎と源太郎が揃って目を輝かした。

「先生のおっしゃる通りです」

「大好きな船です」

お千絵が饅頭を盛りつけた盆を持って入って来て二人に声をかけた。

「お腹がすいたでしょう。手を洗ってお出でなさい」

二人が嬉しそうに立ち上って台所へ行くのを見送った源三郎が目を細くした。

「どうも昔を見る思いがしますね」

「全くだ」

懐中から風呂敷包を出して、東吾はざっと、これまでのことを話した。

「ひったくった奴はやけに逃げ足が早くてね。すまないが取り逃がした。それと気になっているのは、ひったくられたほうで、これがどこへ行っちまったのか、みつからなかったんだ」

小判を数えながら、源三郎が眉を寄せた。

「そいつは奇妙ですね」

戻って来た源太郎に訊ねた。

「お前が盗っ人を追った時、その男はやはり、荷物を取り戻そうと走り出していたのだろう」

源太郎がうなずいた。

「足の遅い人のようでしたが、私達の後から追って来たように思います」

ただ、鉄砲洲稲荷の先で右にまがってからは、その男がついて来たかどうかはわからないといった。

「麻太郎はどうだ」

と東吾が訊く。

「ふりむいて見たわけではありませんが、ずっと私達の後からついて来ると思っていました。一本道でしたし、人通りもなかったので、私達の姿は見えていた筈です」

どこかで道を取り違えたとしても、その附近を探し廻っていれば、大方、川っぷちに出そうなもので、日暮とはいえ、まだ夜になっていなかったのだから、むこうも二人の少年をみつけるのに、そう苦労するとは思えない。

「或いは、俺が取り逃がした奴を、その大男がみつけて追っかけて行ったということも考えられなくはないが……」

「小判で七十両と、一分銀が三つですな」

耳では東吾の話を聞きながら金を数えていた源三郎が顔を上げた。

「なんとなく中途半端な気がしますよ」

「金がか」

「持っていた男もです」

もし、男が源太郎のいうようにお店者なら大枚七十両余りをひったくられて、追うのをあきらめる筈がない、と源三郎はいった。

「それこそ死にもの狂いで追うでしょう」

いくら足が遅いといっても、追跡を少年達にまかせてどこかへ行ってしまうのは合点が行かない。

「まさか、偽金じゃないだろうな」

東吾がいい、源三郎が笑った。

「わたしの見る限り、本物だと思いますが、念のため、勘定所のほうで調べてもらいましょう」

麻太郎が拾ったメキシコ銀貨をつまみ上げた。

「これは、洋銀ですね」

ちなみに、現代ではニッケルと銅の合金であるジャーマン・シルバーを洋銀とするが、幕末では欧米人が持ち込むアメリカ、スペイン、メキシコ、イギリス領香港などで鋳造された銀貨の総称であった。

畝源三郎が洋銀といったのは、無論、後者のほうである。

「俺は長崎で何度か見たことがある。アメリカの水兵なんかが、丸山の妓に祝儀にやったりしてね。通辞の連中はメキシコ・ドルラルと呼んでいた。なんでも、アメリカの南の方にメキシコという土地があって、上質の銀を産出する。そこはスペインが支配していて、盛んに銀貨を造らせるのだが品質がよいのでアメリカでも使われているそうだ。俺が聞いたのは、その程度だがね」

東吾の話に、源三郎が考え深い表情になった。

「もし、この洋銀が七十両と一緒に持っていたものなら、大男の身許を探す手がかりになるかも知れませんね」

「軍艦操練所の連中が何か知っているかも知れない。それとなく訊いてみようか」

一枚のメキシコ銀貨だけあずかって、東吾は麻太郎と神林家へ行った。

今月は南町奉行所が非番ということで、兄の通之進《みちのしん》はいつもより早めに帰宅していた。

弟の話を聞き、麻太郎の拾ったメキシコ銀貨を眺めて、兄はいつもよりも深い関心を持った様子であった。

「実は、このところ幕府《おかみ》は途方もない厄介を抱え込んで居る。わしの勘だが、これはひょっとするとと思わぬでもない。そなた、これを高山仙蔵どのにお目にかけ、なんぞお心当りはござらぬかとお訊ねしてみてくれぬか」

兄の顔に愁いの色があって、東吾は手をつかえた。

「承知致しました。なれど、高山仙蔵どのとは如何なる……」

「知らぬか」

「はい」

「もとは勘定奉行、水野筑後守忠徳《ただのり》様に御奉公されて居ったが、今は致仕されて金春《こんぱる》屋敷の近くに独り住居《ずまい》されている。洋銀に関しては当代随一の大智識じゃ」

あっけにとられている東吾へ笑った。

「但し、相当のつむじまがり、下手にものを訊ねても全く相手になって下さらぬとも聞く。なれど、大の子供好きで勉学途中の少年相手なら何事によらず嚙んで含める如くに教えられるそうじゃ。もともと、この洋銀は麻太郎が拾ったもの、麻太郎を連れて参れ」

夕餉の膳を運んで来る女達の足音が聞えて、東吾は明日の段取りを兄に伝えて八丁堀を辞した。

二

翌日、軍艦操練所の勤務を終えた足で東吾は兄の屋敷へ行った。

驚いたのは、麻太郎と並んで源太郎の姿があったからだが、

「昨夜、父上に申し上げました。この度のことは源太郎と手前と、二人でかかわり合ったものです。メキシコ銀貨のことで高山様をお訪ねするのなら、源太郎も共に参ったほうがよろしいと思ったのです。父上はそうするようにと仰せになりました」

と麻太郎がいうのに、源太郎が神妙に頭を下げる。

やれやれ、まるで子守ではないかと内心で苦笑しながら、東吾は兄嫁の香苗《かなえ》が用意しておいた手土産の菓子を提げて、二人の少年と共に八丁堀を出た。

高山仙蔵の家は出雲町で訊くとすぐにわかった。能楽の囃子方なぞが多く住む中に、それらの家とまぎれるような風雅な門がまえで、玄関脇の黒竹の茂みにあまり見馴れない石で造った水盤がおいてある。

どこから水をひいているのか、その水盤の上にある樋のようなものから、水がのんびりと流れ落ち、更に水盤のふちを伝わって地上へ落ちて、その附近は湿地になり、その上を清らかな水が門の外の溝へ流れている。

湿地には一面に草が生えていた。これもあまり見たことのないような奇妙な葉の形をしている。

東吾達がそれを眺めていると外から老人が帰って来た。白髪は雪のようだが、体つきはしゃん

としている。

「当家になんぞ用かな」

じろりと睨まれて、東吾は丁寧に挨拶をした。

「手前は神林東吾と申す者、高山仙蔵どのにお教えを受けたいことがありお訪ね申しました」

相手は東吾を頭のてっぺんから爪先まで眺めて、

「神林どのとな」

と一人合点した。それから東吾の背後でやはり神妙にお辞儀をしている二人の少年へ視線を向けて、

「あれは、あんたの悴かね」

と訊いた。

危うく、はい、といいそうになって東吾は慌てた。この老人の問いは穏やかだが、なんとなく嘘はいえないような雰囲気がある。

「いえ、甥とその友人にございます」

辛うじて答えたのに、

「そうか。よう似て居る」

先に立って玄関の戸を開けた。

「まあ、お上り」

いってから水盤の水の流れ具合をみ、湿地の草を一つ摘んだ。それを麻太郎の鼻先へ突きつけ

るようにして、

「これを知って居るか」

といった。

「存じません」

「そっちの友達は、どうだ」

源太郎が赤くなって答えた。

「存じません」

「そうだろうな。これは、まだ江戸にはここにしか生えて居らん。長崎ではわしが植えつけたのが、まだ枯れもせずよう育っているそうじゃが……」

麻太郎が鼻先に突きつけられている草を手に取ってみつめた。

「何と申す草ですか」

「名は阿蘭陀《おらんだ》辛子《からし》、ただ、それは日本でつけた名で、むこうの者はくれそんと呼んでいるらしい」

「何に用いるものですか」

「食べるのさ。食ってみるがいい」

麻太郎が相手を仰ぎ、草を口に入れた。

「苦《にが》いですが、薬ですか」

高山仙蔵が楽しそうに笑った。

「薬ではないが、胃腸の働きをよくするらしい。馴れると風味があってなかなか旨いぞ」

麻太郎が吐き出しもせず食べてしまったのをみて満足そうにうなずいた。

「お前さんは、見込みがあるよ」

ぞろぞろと玄関を入るついでに、東吾は手をのばして阿蘭陀辛子を摘み取り、素早く口に放り込んだ。口中に苦みが広がり、なんとも不思議な味がする。こんなものをよく麻太郎は平気で食ったとあきれながら子供達の後に続いた。

通されたのは庭に面した部屋で、その庭はいわば畑であった。

本所の麻生家の裏庭もさまざまな薬草畑になっているが、ここのは、どうやら薬草ではなく外国から種子が運ばれて来た食用の菜や根菜のようなものではないかと思う。

東吾がそれに気をとられていると、部屋のほうで高山仙蔵が何か問い、それに対して麻太郎と源太郎がはきはきと昨日のひったくりの事件を話し出したのに驚いた。

話すのは主に麻太郎だが、時折、源太郎がさりげなく補足をする。二人の呼吸が実によく合っていて、東吾は苦笑しながら少年達の背後にすわり、例のメキシコ銀貨の条《くだ》りになってそっと銀貨を源太郎に渡してやった。

高山仙蔵はそれを源太郎から受け取って少し調べる様子だったが、

「こいつはメキシコ・ドルラルの中でも下等の奴だな」

机の脇の手文庫を開けると、その中から同じようなメキシコ銀貨を取り出した。

「これとそいつと見比べてごらん。違いがわかるか」

麻太郎と源太郎が顔を寄せて二つの銀貨をくらべた。大きさも、模様も寸分違わない。

高山仙蔵が子供のような顔付になった。

「見た目は同じようだが、わしの出したほうは上質のメキシコ・ドルラルで品位八九八、お前達が持って来たのは品位八六五、つまり、含まれている純銀が少いんだな。しかし、むこうじゃ、どっちも一ドルラルで通用する。が、値打は純銀が多く含まれているほうが高いにきまっている。だから、奴らは上等のほうはしまい込んで、下等のほうを使う。だいぶ前のことだが、日本へやって来たアメリカ船のハリスって奴が、日本で食糧とか薪とか、さまざまの航海に必要なものを買った時、支払ったのはこっちの下等な奴のほうでね。どうせわかるまいと思ってやったことだが、どっこい日本のほうは昔から通貨はそれに含まれている純金や純銀の目方で評価する。こっちもそっちも同じ一ドルラルだからというのは通用せんのじゃよ」

二人の少年は体を乗り出すようにして高山仙蔵の話を聞いている。背後にいて、東吾はひそかに冷汗をかいていた。

長崎や横浜へ何度も行き、少々は外国のことがわかっているような気でいたが、今の高山仙蔵の通貨に対する考え方の違いなぞというのは初耳であった。

そんな東吾をちらとみて、仙蔵は再び、二人の子供に目を移した。

「こちらの役人はアメリカ側から受け取った銀貨を実に高い技術で調べて純銀量が六匁と一六、つまり、六・一六と書くんじゃがね。要するにメキシコ銀貨に含まれる純銀は一ドルラル、この銀貨一枚と日本の一分銀一枚と同じだとわかっちまったのさ」

おい、と東吾に声をかけた。

「一分銀を持っていたら、一枚貸しておくれ」

苦笑して東吾は紙入れから一分銀を出して仙蔵の前へおいた。

「すまぬな。さあ、二人ともよくみるがいい。この一分銀とお前らが持って来たメキシコ銀貨、これは同じ値打なんだ。即ち、一ドルラルが一分ってことだ」

顔を上げて東吾を眺めた。

「度々、こき使うようだが、台所へ行くと麦湯の冷えたのが大きな土瓶に入って居る。そのあたりに茶碗もいくつかある筈だから、取って来て下さらんか」

麻太郎と源太郎が同時に立ち上りかけたのを制して、東吾は台所へ行き、茶碗を四つと土瓶を取って来た。各々に麦湯を注ぐとまっ先に自分が飲んだ。咽喉が渇き切っていたのだ。

子供達が麦湯を飲むのを待って仙蔵は床の間から碁石の入った二組の碁笥《ごけ》を持って来て中の石をざらりと畳の上にあけた。

碁石は一局用として通常、黒が百八十一個、白が百八十個入っている。それが二組だから、黒は三百六十二個、白は三百六十個。

仙蔵が黒石を一つ、つまんだ。

「これがメキシコ銀貨一枚、同じ値打が一分銀一枚、黒と白は一個ずつだな」

ところが、と少しばかり声を強くした。

「ハリスって奴はもともとは商人でね。銭の損得にはずるがしこい。あいつは純銀量のことは棚上げにして、銀貨の目方をいい出した」

メキシコ銀貨一枚の重さはまぜものの関係で一枚が七・二匁もある。それに対して一分銀は軽量で一枚が二・三匁だから、重さからいうとメキシコ銀貨一枚は一分銀三枚分でも、まだ〇・三匁軽いことになってしまう。

「馬鹿な話だとお前達でも思うだろう。重いだけで値打があるなら銀に石の粉でもまぜて造ればいいではないか。しかしな、こっちの役人は勉強不足で、結局、ハリスにいいまかされて、一メキシコ銀貨が一分銀三枚といういきまりになっちまったのさ」

少年二人が大きな嘆息をつき、東吾は麦湯を土瓶から注いで飲んだ。

「さあ、二人でやってみろ。白が一分銀、黒がメキシコ・ドルラルだ」

源太郎が黒石を一つおき、麻太郎がそこへ並べて白石を三つおいた。

「では百ドルラルはどうなる」

黒石が百、白石が三百になった。

「つまり、百ドルラルで三百分といいたいが、さっき教えたように、実際は一枚のメキシコ銀貨の重さは三枚の一分銀を合せても〇・三匁足りなかったんだ。その分をわしが計算して足すと、黒石百に対して白石は三百十一となる。いいかな、そこで、我が国では一両は四分だな。従って三百十一分は小判に直すと七十七両と三分だろうが……」

はっとして東吾は高山仙蔵をみつめた。

昨日、ひったくりに遭った男の風呂敷包の中にあった金は七十両の小判と一分銀が三枚、そしてメキシコ銀貨が一枚。

「どうかな。子供達には少々、厄介な算用だったが、神林どのにはこの算用が何かお役に立つのではござらぬか」

「七十両は、メキシコ銀貨を両替したものとお考えですか」

手数料が一割というのは法外だが、うしろ暗い両替なら、ないことではあるまい。

「いや、江戸にては洋銀の両替は出来ますまいよ」

高山仙蔵が制した。

「面白い話と申しては気色が悪いが、この節、お上が途方に暮れている事実がござる」

机の上の料紙に筆をとって洋銀百枚と書いた。並べて一分銀三百十一枚、その下に七十七両三分。

「よろしいかな。この算用で申すと洋銀百枚は小判で七十七両と三分じゃな。何故、かような馬鹿なことになったかはさておいて、七十七両三分は我が国の場合、百三十二・五匁の純金だによって、アメリカ金貨一枚は純金〇・四匁、即ち三百三十一ドルラルに相当するのじゃよ」

単純に計算するとメキシコ銀貨百ドルラルを日本の一分銀に替え、それを小判に両替すると百ドルラルが三百三十一ドルラルになる。

「おわかりかな。但し、この場合、入手した小判は上海か香港の金市場で売りさばかねば利潤はあげられぬし、その間、相場の変りがあろうから、必ずしも、百ドルラルが三百三十一ドルラルになるとは限らぬが、それでも茶だの絹だのを売って儲けるのより遥かに大きな利得となる」

「お待ち下さい」

東吾が遮った。

「しかし、我が国にては外国人に小判を売却するのは御禁制になって居ります」

長崎で聞いたことだが、外国人が洋銀を持ち込んで一分銀や小判に両替するのは御法度であった。

仙蔵が眼許を笑わせた。

「さればこそ、禁令を犯すからには一割の手数料を取ってという仲介人も出て来るのではござらぬかな」

外国人からひそかに洋銀を委託されてまず一分銀に替え、更に小判に両替して渡す仲介人を横浜あたりでは「小判商人」と呼んでいるらしいと仙蔵は教えてくれた。

「御教示、ありがとう存じました。早速、立ち戻って兄に申し伝えます」

深く頭を下げた東吾へ、仙蔵が憮然とした声でつけ加えた。

「このままでは、我が国の金銀がすさまじい勢いで外国へ流れ出してしまう。いや、すでに流れ出て居るのですぞ。お上においても、いろいろと手を打って、それがしがかつてご奉公申した殿様などは外国相手に通用させる二朱銀を新鋳して対抗しようとなされたが、ハリスもオールコックも何やかやと苦情をいい立てて妨害する。はっきり申して、今や、外国相手に通貨の戦いをやって指揮がとれるのは水野様ぐらいのもの。それをおえら方は少しも理解せず、勘定奉行から田安家御家老に移してしまった。もはや、幕府の御金蔵は洋銀という蟻に食い尽されるのも時間の問題と申すもの」

苦々しげな表情が、二人の少年をみて優しくなった。

「頼みの綱は子供達でござるよ。もはや、大人達には何を申しても間に合わぬ。十年、二十年先のことはどうしようもない。せめて、三十年、五十年先を見据えて、子供達に知り得る限りを残して参らねば……」

麻太郎と源太郎をみつめた。

「算用の話はつまらぬか」

二人が首を振った。

「難かしゅうございます。でも、面白うございました」

「もっと知りたければ、いつでも来なされ」

「参ります」

麻太郎が東吾を仰いだ。

「叔父上、よろしゅうございますね」

東吾が仙蔵へ会釈をした。

「何分、よろしくお願い申します」

「よいとも。これで弟子が二人出来た」

「二人きりですか」

「何、その中、増える」

庭の一隅を指した。

「あそこに蕃茄《あかなす》と申すのが出来て居る。まだ、実も小さいし、赤くもならぬが、来月には食べられよう。たのしみに待って居れよ」

思わず東吾は親の立場になった。

「高山先生、お教え下さるのはありがたいのですが、そう何もかも手当り次第に食べさせて腹でもこわすと、何分、まだ子供でござれば……」

「心配無用。まず、わしが食してみて、その後、味見をさせる。腹痛なぞ起すものか」

挨拶をしての帰りがけに、仙蔵は例の阿蘭陀辛子を摘《と》って三人に一束ずつ渡した。

新橋へ出て築地の方角へ向いながら、二人の少年はその葉をむしっては口に放り込み、何かいい合っては笑っている。

「おい、苦くないのか」

東吾が背後から訊ねると、

「苦いですが、面白い味がします」

という源太郎の返事であった。

渡された一束の阿蘭陀辛子を懐紙の中にしまって、東吾は黙々と歩いて行った。

麦湯を三杯も飲んだというのに、口中にまだ青臭いものが残っている。今夜の酒はまずかろうと思い、東吾は暮れなずむ空に眉をしかめた。

三

南築地でひったくりから七十両余を盗られた大男の足取りを調べ、至急、その身柄を拘束せよという指示が町奉行所から出されたのは、事件が起ってから三日目のことである。

あとで考えると、全く遅きに失した感があるが、本来、ものを奪られた場合、盗人の行方を探索するので、被害者をどうこうせよという例は滅多にない。

定廻り同心達は上役の命令に首を傾げながら改めて相撲取りのような大男についての手配をはじめた。

それより早く、畝源三郎は単独に大男の行方を追っていた。

日頃、心服している深川の長助や飯倉の仙五郎が若い者を動員して南築地から新橋、更に品川へ向う街道へ丹念な聞き込みを始め、それには永代の元締と呼ばれている文吾兵衛一家の若い者も加わった。

鉄砲洲の近くから消えてしまった大男の行方を探るのに、源三郎の目が新橋、金杉橋、品川方面へむいたのは、奪られた金包の中に洋銀のあったせいで、本能的に源三郎は大男の向った先を横浜ではないかと判断していた。

それは高山仙蔵の話を東吾が聞いて来た事によって、正しいと裏付けされた。

「流石、源さんだよ。奴はおそらく横浜から来たに違いない」

仙蔵のいった「小判商人」の使ではないかと東吾はいった。

「洋銀を持って来たのか、或いは一分銀に横浜で交換して来たのかわからないが、とにかく、外国人に小判を売ることはお上がきびしく禁じているんだ。まず、横浜は場所柄、危険だろう。といって、それだけ多額の一分銀を小判に替えるとすれば、田舎では無理だから、まず江戸か大坂か」

通貨の流通の激しい江戸なら、小判商人と結託して、それが違法の両替を承知の上で法外な手数料めあてに禁を犯す両替商があっても不思議ではない。

「売国奴ですな」

東吾から小判商人の実態を聞いて、源三郎は慨歎した。

「徳川様のお膝元で、そういう輩が出て来たことが情ないですよ」

「高山どのがいわれたよ。こうなるという先見の明のある人物がなきにもあらずだというのに、幕閣諸侯は耳をかさなかったのだとさ」

「どなたです」

「高山どのが長崎で見出され、奉公した水野筑後守忠徳様のことらしい」

長崎奉行から勘定奉行になり、外国との通貨取引の最先端で指揮をとるべき人材が、何故か田安家家老などという閑職へ追い払われた。

「高山どのは、それに立腹して致仕してしまったらしい。もっとも、主君が田安家家老では自分の出る幕はないと考えたのだろう」

「学者ですか、高山どのと申される仁は……」

「長崎生れでね。これは、兄上が教えて下さったのだが、若い時は御禁制を無視して清国へ渡ったこともあるらしい。長崎では会所の手代を勤めていたそうだから、通貨に関しても博識だろうな」

つい、先頃まで日本は鎖国であった。

外国との貿易は、長崎のみを開港して清国と阿蘭陀国に限られていた。長崎会所はその貿易の窓口を務めていた。

外国からの輸入品はすべて長崎会所が買いつけ、それを改めて日本の商人に売りさばく。逆に日本から輸出する品は長崎会所に納められて、そこから外国人に売られるのであった。

長崎会所の手代なら、外国の通貨にもくわしく、両替の算用などはお手のものだろうと東吾も源三郎も納得出来る。

「ところで、神林様はどうして高山どのを御存じだったのですか」

源三郎に訊かれて東吾は苦笑した。

「そいつは俺にも不思議だよ。兄上に訊いてみたのだが、笑ってはぐらかされてしまった」

兄の学問好きは承知していた。ただ、それは漢学や詩歌かと思っていたのだが、案外、海のむこうの知識に対しても人知れず関心を持っていたのかも知れない。もしかすると、東吾が軍艦操練所に出仕するようになって、兄は弟が向い合うであろう外国に対して知らねばならぬ、と考えたのではなかったかと東吾は推量していた。

「お上の失敗《しくじり》の帳尻を合せるのは無理だがね。せめて、俺達としては小判商人と悪徳両替商をとつかまえねばなるまいな」

「勿論ですが、相手はかなりしたたかだろうと思いますよ」

と源三郎が予想した通り、長助、仙五郎、文吾兵衛達が躍起になって走り廻ったにもかかわらず、結果は最悪であった。

もっとも、手がかりは案外、早く摑めたのではあった。

仙五郎のところの下っ引が芝口橋の上で大男が長いこと考え込んだような恰好でたたずんでいたという物売りの話を聞いて来た。

それは、ひったくりのあった夕六ツ（午後六時）頃のことで、芝口橋の西の袂で水売りをしていた七之助というのが、ぼつぼつ商いを終《しま》うつもりで荷ごしらえをしながら橋のほうをみると、体のでっかい男が橋の上からぼんやり空を眺めているのが目に入った。

「そいつは、半刻ほど前にもそこに突立っていまして、最初に見た時は大方、人でも待っているんだろうと思ったんですが、随分と長いこと一つ所に居るんで少々、気になっていましたんで……」

暇な時こそ、そいつの様子を眺めていたものの、客が立てこんで来ると、どうでもいい人間のことは忘れてしまう。

「六ツが近くなってから稽古帰りの若い娘に取り囲まれなぞ致しまして……」

水売りは井戸から冷たい水を汲んで来て、それに砂糖をとかし、白玉を浮べたりして、

「ひゃっこい、ひゃっこい」

という売り声で人を呼ぶ。

この季節、稽古帰りの女子供が集りそうな商売で、けっこう売れたらしい。

「いい具合に白玉なんぞも売り切りましたし、やれやれと茶碗なんぞを片付けかけて、ひょいと見ると、まだそいつが立っていたんです。まさか、日が暮れるのを待って身投げでもする気じゃあるまいと思っていましたら、むこうもこっちを気にした様子で、急に芝口の通りを行ってしまいました」

背恰好、肥り具合、着ているものからして、どうもひったくりに遭った男らしい。

次は神明前で、大横丁と呼ばれている増上寺の学寮脇の道を大男がしょんぼり歩いて行くのを御成門の前の番小屋にいた火消の頭の忠七というのが見ていた。

「なにしろ大男なんで、あたりはもう暗くなっていますのに、提灯も持たずなにやら考えながら歩いているのが不審といえば不審で暫く見送ってましたが、なにしろ夜になりかけの刻限で見通しはききません」

大男の向った先は馬場もあり、どっちへ向いて行ったかは判然としない。

大男が目撃されたのは、そこまでであった。

「仮に、大男が横浜からやって来て、江戸のどこかの両替商で首尾よく小判に両替をすませたとします。そのまま、夜道をかけて横浜まで帰るとは思えませんから、その夜は江戸泊りでしょう」

芝口の通りにこれといって宿屋はなかった。

「泊るとすれば品川だろうが……」

ひったくりに遭わなければ明るい中に品川までたどりつけた筈だが、思わぬ災難に出会ってうろうろしたあげく、途方に暮れて考え込んでいた分、時間が遅くなっている。

「それでも品川まで行かなけりゃあ仕様がないだろう」

「宿へ泊りますかね」

源三郎が目を光らせた。

「東吾さんの話によると小判商人の動きはかなり激しいように思います」

一年や半年に一回、いや月に一回ぐらい横浜から江戸へ出て来て闇の両替をする程度ではあるまいと源三郎はいった。

「それでは商売になりません」

横浜へ上陸する外国人の数は増え続けているし、商人が滞在し、長く居住する例も少くない。

「みんながみんな法を犯した両替で儲けようと思っているわけではありますまいが、甘い汁に群がる虫はあっという間に増えます」

外国から洋銀を持ち込んで、一分銀に交換し、それを小判に替えて持ち出すだけで、最低でも倍の利得を手にすることが出来るとなると、それだけを目あてに日本へやって来る悪徳商人も出て来るわけで、下手をするとどれほどの小判が外国に流出しているかわからない。

無論、横浜と江戸に内密の両替の道があるとしたら、大金を持って往復する使が普通の宿へ泊るのは剣呑であった。

「源さんは、どこかに彼らの仲間がいてそこが宿になっていると思うのか」

「おそらく宿ではないでしょう。誰かの知り合いの家が、事情を知ってか知らずか、小判商人に利用されているということもあり得ますね」

となると探索は至難の業であった。

宿屋を廻って聞き込みをし、宿帳を改めても無駄になる。

「それでも長助と仙五郎は品川へ出かけて、一軒一軒、旅籠を調べ廻っていますが……」

その苦労が水の泡になったのは、事件が起って五日目のこと。

甲州街道に近い千駄ヶ谷村の水車の近くの雑木林で一人の男が縊死《いし》しているのを、百姓がみつけて届け出た。

「どうも、例の大男ではないかと思えますので、手前はこれから千駄ヶ谷村へ行って来ます」

と知らせに来た源三郎と一緒に、ちょうど軍艦操練所から帰って来ていた東吾も「かわせみ」をとび出した。

千駄ヶ谷村へ着いてみると、現場に仙五郎がいた。

「いい具合と申してはなんですが、飯倉の名主さんの娘がこの近くに嫁いでいまして、間もなく赤ん坊が生まれなさる。名主さんが産ぶ湯を使う盥《たらい》をうちの悴に注文してくれまして、そいつを今朝、こっちへ届けに来たんです」

そこで雑木林で大きな男が首をくっていると聞いて、仙五郎の悴はまっしぐらに飯倉へとんで帰って親父に知らせた。

「なにしろ、大男って聞いただけで足が千里を走っちまうような毎日でございましたんで……」

仙五郎がかけつけて来た時、まだお上からは誰も人は来ず、届けに行った千駄ヶ谷村の名主の小作人も戻って来ていなかった。

従って大男の死体は発見当時のまま、全く手がついていない。

「馬で来ただけのことはあったな」

東吾がいい、源三郎もほっとしたようにうなずいた。

大きな欅の木が太い枝をのばしたところに縄が結んであり、その先端は千切れていた。

死体は木の下にころがっている。

暑い日が続いていたので、傷み具合はかなりのものであったが、背が高くて肥っている。

年齢は三十から四十の間ぐらいかと東吾は判断した。

死体の首には縄がぐるりと廻っている。

縄がひどいものであった。古くて腐りかかっている。

「こんな奴で、これだけ大きな男を吊り上げたら、まず切れるな」

「首くくりではありませんな。誰かが枝からぶら下げたのです」

「それにしても、ひどい縄だよ」

「切れてもかまわない。むしろ、切れることを考えて、そういう縄を使ったのでは……」

「何故だ」

「東吾さんらしくもありませんね。こいつは七十両を失っているのですよ。もし、小判商人の手下なら、主人は相当に腹を立てている筈です」

「地面にたたきつけてやりたいってことか」

大男の顔を東吾は眺めた。

苦悶に歪んだ表情がすさまじい。

「子供らには見せたくないな」

わざわざ首実検をさせるまでもないといった東吾に、

「源太郎には一応、見せますよ」

と源三郎は答えた。今のところ、ひったくりに遭った大男の顔をみているのは、源太郎と麻太郎だけである。

「兄上が何といわれるかな」

「源太郎一人で充分です。畝家は代々、それが役目のようなものですから……」

麻太郎には見せないと源三郎は主張したが、実際に、源太郎から聞いたといって麻太郎も首実検に立ち会った。

「間違いありません。この人です」

と二人の少年が口々にいって、七十両をひったくられたのは、この大男だと判明した。

が、事件はそこで止った。

芝の増上寺の近くで目撃された大男が何故、千駄ヶ谷で死体になっていたか合点が行かない。

南築地から千駄ヶ谷へ行くのなら、芝口橋はともかく、増上寺あたりを通る筈がなかった。

「道を間違えたのではないのか」

などという役人もいたらしいが、東吾も源三郎も納得出来なかった。

お手柄は、仙五郎であった。

広尾川の岸辺で、婚礼に招かれての帰りの男達が、夜の川を小さな舟が渋谷のほうへ向って漕いで行くのを見たというのを聞いて来た。

「三人とも、三の橋の近くに住む商人でして、まあ、かなり酔ってはいたと思うんですが三人の申すことにそう違いはございません」

舟には船頭と、若い女が乗っていて、大きな長持のようなものが積んであったというのである。

千駄ヶ谷村で死体がみつかった前夜のことであった。

広尾川は新堀川ともいい、上流へ行って宇田川となり代々木野を通って内藤駿河守の下屋敷のへりへ出る。そこから千駄ヶ谷村は目と鼻の先であった。

「源さんが考えた小判商人の一味の宿が新堀川の近くにあったとすると、平仄は合って来るんだがなあ」

殺害した大男の死体を川伝いに千駄ヶ谷村まで運んで捨てたのは、お上の探索の目を横浜へではなく甲州街道のほうへ向けたいと考えたからではないのか、と東吾は推量したが、その先へ進む手がかりは仙五郎達の努力にもかかわらず、何も出て来なかった。

東吾や源三郎が、この小判商人という闇の組織を相手に正面から戦を挑むことになるのは、まだ少々先の話である。

なんにしても、幕末、外国人によって日本から流出した金貨は二千万両とも一万両ともいわれて、その正しい数字は明らかにされていない。

ところで五月。

東吾が所用で亀島川の岸辺を歩いて来ると、八丁堀の組屋敷の方角から、麻太郎と源太郎が各々に風呂敷包を大事そうに持ってやって来るのに出会った。

二人とも、ひどく嬉しそうな顔をしている。

「どこへ行くのだ」

と訊くと、

「高山先生が久しく柏餅も粽《ちまき》も召し上っていないとおっしゃいましたので、母上に申し上げて頂いて来たのです」

これから、高山仙蔵の家へ行って、みんなで頂くのだという。

「先生は外国人の飲むお茶やお酒を御馳走して下さるそうです」

いそいそと小走りに行く二人に、東吾は慌ててどなった。

「おい、茶はいいが、酒はまだ早いぞ」

だが、少年二人は同じような単衣の絣に木綿の袴をつけて、小鹿がはねるように亀島川の橋を渡って行く。

江戸の夏は盛り、太陽がじりじりと大地を焼いていた。

猫一匹《ねこいっぴき》

一

大川の上に、夏真盛りの蒼空が広がっている午下り、神林東吾が軍艦操練所から退出して来ると、「かわせみ」の裏木戸のところに大八車が寄せてあって、その脇で虎猫を抱いた老女が女中頭のお吉と立ち話をしている。

「若先生、お帰りなさいまし」

目早く見つけたお吉が威勢よく出迎え、その背後から老女が、

「お帰りなさいまし。いつも、御贔屓にあずかりまして有難う存じます」

と挨拶をした。

東吾は老女の顔を知らなかったが、どっちみち「かわせみ」へ品物をおさめている店の者だろうと見当がついたので、軽く会釈をして木戸を入った。

「かわせみ」はそこに井戸があって、勝手口と通路をへだてて物置が二つ並んでいる。

男が二人、薪の束や炭俵を運び込んでいて、その指図をしているのが女中のお石であった。若い女のくせに滅法力があって、炭俵なぞは軽々と片手で下げて、

「残りの薪は軒下に積んでおくれ」

などといっている。

お石に手を止めさせるのは気の毒と、東吾は足音を忍ばせて、井戸のこっち側から枝折戸を抜けて庭伝いに住居のほうへ廻って行った。

居間の縁側で、るいが千春と金魚鉢をのぞいている。入って来た東吾をみて、

「まあ、裏からお入りになりましたの。うちの者は先触れもしないで……」

いいかけたところに、お吉が息を切らして廊下を走って来る。

「申しわけございません。まあ、遠州屋の隠居さんが長ったらしい挨拶をするもんですから……」

這いつくばってお辞儀をした。

「遠州屋というと霊岸島の薪炭問屋だろう。あそこの旦那はまだ嫁をもらったばっかりの筈じゃあないか。お袋にしては、年をとりすぎているようだが……」

大刀をるいに渡しながら東吾が訊き、お吉は早速、得意そうに鼻をうごめかした。

「東太郎旦那のお祖母《ばあ》さんなんですよ。普段は両国橋の近くの店で暮してなさるんですけど、やっぱり孫はかわいいんですか、ちょいちょい霊岸島の店にも遊びに来てなさるそうで、まあ七十過ぎてるってのに、歯も丈夫、耳も目も口も達者で喋り出したら止まらないって人ですから……」

「猫好きらしいな。虎猫を抱いていたろう」

「虎丸って名だそうですよ。そのくせ、おこと婆さんと来たら、おとら、おとらって呼んでるんです。雄猫だから虎丸、おとらじゃ雌猫になっちまうじゃございませんか」

お石がよく冷えた麦湯を運んで来た。

「申しわけございません。お帰りになったのに気がつきませんで……」

東吾が笑った。

「なあに、一生けんめい働いているから、気を使わせまいと、こそこそ上《あが》って来ちまったんだ。あやまることはない」

着替えを手伝っていたるいが声をかけた。

「遠州屋さんは、もう帰ったの」

「はい、御隠居さんが御新造様にくれぐれもよろしく申し上げて下さいとのことでございました」

長火鉢の脇に東吾の座布団を直し、そこへ麦湯をおいてお石が出て行くと、お吉が待っていたように話の続きを喋り出した。

「若先生は孔雀を御存じで……」

「孔雀というと、鳥の孔雀か」

「さいでございます」

「よく屏風なんぞの絵に描いてあるじゃないか。長い尾羽を広げると扇のような恰好になる」

「本物をごらんなすったことは……」

「残念ながらないよ」

「両国の見世物に出ているそうでございますよ」

懐に入れていた四ッ折の紙を広げた。

孔雀が二羽、錦絵に描かれている。

「遠州屋の御隠居さんが下さったんでございます」

千春に渡した。

「これが、くじゃく……」

不思議そうに千春が眺め、お吉がそっくり返った。

「千春嬢様、孔雀はなんと啼くとお思いになりますか」

「鳥でしょう」

「はい、正真正銘の鳥でございます」

「鴉はかあかあ、雀はちゅんちゅん」

「孔雀はにゃあにゃあでございます」

麦湯を飲んでいた東吾が危く吹き出しそうになった。

「そいつは、まるで猫じゃないか」

「はい、ですから、遠州屋さんの御隠居さんの虎丸がびっくりして塀からころげ落ちて腰が立たなくなりましたそうで……」

「馬鹿馬鹿しい。鳥がにゃあにゃあだなんて。お吉はかつがれたんですよ」

いい年をして金棒曳きばっかりしているから、と、るいはおかんむりでお吉を叱ったが、その夕方、

「やれやれ、一休みさせて下さい。どうも、今時分は病人が多くてかないませんよ」

重そうな薬籠を提げて、相変らずお供もなしの麻生宗太郎が「かわせみ」へやって来た。

居間へ通って、今日は午餉も食べそこねたというので、すぐにお吉が膳を運び、東吾もつき合って酒が少々、入ったところで孔雀の話が出ると、

「それは残念ながら、お吉さんのほうに軍配が上ります。孔雀という鳥は、何故か猫そっくりの啼き声をするのですよ」

自分も長崎にいた時分、唐人屋敷で飼っているのを見物に行って、その啼き声に驚いたという。

「唐人屋敷でわたしが見た孔雀は緑色をしていて、頭の後方に羽の冠みたいのが立っているのです。体の大きさは半間《はんげん》もありましたかね。羽を扇状に広げると、なかなか豪華なものです。唐人から聞いたことですが、南のほうの国の身分の高い女はその羽を取って扇を作らせたり、髪飾りにしたり、まあ、孔雀にとっては災難ですが……」

宗太郎の話に、るいが目をみはり、

「そんなものとは知らず、お吉を叱ってかわいそうなことをしました」

早速、当人を呼んで詫びをいっている。

もっとも、お吉のほうはるいに叱られたのなぞ右から左へ消えてしまっていて、

「両国の見世物に出ている中に、千春嬢様のお供をして、孔雀見物をしたいものでございますね」

なぞとはしゃいでいる。

「そういえば、大坂には孔雀茶屋というのが下寺町の万福寺の近くにあるそうですよ。わたしは行ったわけではありませんがね。茶店が客よせに飼っているので、如何にも大坂らしいと思いませんか」

宗太郎が知識をひけらかし、その日の「かわせみ」は孔雀ばなしで大いに盛り上った。

「折角、お吉が楽しみにしているのだから、両国まで孔雀見物に出かけようじゃないか」

と東吾はいったが、あいにく江戸は翌日から大雨で三日経っても降りやまない。

「五月晴っていうかと思うと、五月雨《さみだれ》とも申しますでしょう。いったい、どちらが本当なのか……」

お吉が苛々して天を見上げていると深川から長助が来た。

「どうも両国は、とんだ孔雀騒動でござんして……」

届けに来た蕎麦粉を台所の板の間へ下していったのに、忽ち、お吉がとびついた。

「孔雀がどうかしたんですか」

「へえ、まあ、孔雀に罪があるとも思えねえんですがね」

この節、お吉の剣幕にすっかり馴れっこになっている長助が、あまり気合の入らない調子で話し出した。

「両国の見世物に孔雀がつがいで二組、合せて四羽出てましたんですが……」

もともとは外国船が積んで来て、横浜の商人がどこぞの大名をあてにして買い入れたのだが、大名家のほうではこの御時世に鳥どころではないと断った。

「つまりは売りっぱぐれちまった奴が廻り廻って香具師《やし》の手に落ちたってことでござんしょう」

諸方の社寺の祭礼などに見世物にされ、両国の小屋へやって来た。

「孔雀なんてものは、あっしも絵に描いた奴しか見たことがございませんで、孫を連れて見に行ったんですが、どうも手入れが悪いってんですか、ろくな餌ももらっていねえのか、羽は抜け放題で、広げてみせたところでどうにもみすぼらしい恰好でして、それでも見物人は押すな押すなの行列でござんした」

ただ日が経つにつれ、近所から苦情が出た。

「夜は小屋ん中におけませんので、薬研堀に近い空地に囲いをしまして、そこで飼って居りますんで、まあ、あのあたりは町屋がたてこんで居ります」

啼き声がうるさいに始まって、悪臭がするという声がだんだんに広がって、名主からお上に訴えが出た。

「お上も香具師の肩を持つわけではございませんが、どこへ移すといっていい場所もなし、そう長く興行するようでもないので、もうちょっとの辛抱とずるずるそのままになって居りましたようで……」

一つには空地の持ち主と香具師の間ではきちんと取引が出来ていて、当事者同士はなんの文句もないのに、はたが何をいうかと香具師の下っぱが凄んだりして、下手に騒ぐと何をされるかわからないといった雰囲気になったらしいと長助は苦い顔でいった。

「そういったところへ、猫が出て来まして……」

孔雀のほうもこの数日の雨続きで小屋へ閉じこめられて気が立っていた。

「どうやって猫が囲いの中に入えっちまったんだか、誰も知らねえってんですが、飼い主が探しに来た時、猫は孔雀に突っつかれて半死半生で、そいつを助けようと囲いの中へ手を入れた飼い主が、これまた、孔雀に突っつかれて大怪我をしました」

「いったい、どこの猫ちゃんなんです。気の毒に……」

お吉が訊き、長助がぼんのくぼへ手をやった。

「そいつがその、やかましやで名高い遠州屋の隠居ばあさんの飼い猫で……」

「おこと婆さんのとらちゃんですか」

そうじゃないかと思ったとお吉が合点し、傍で聞いていたお石が首をかしげた。

「だけど、遠州屋さんの虎猫は孔雀の啼き声にびっくりして塀から落ちて腰をぬかしたっていうんでしょう。一ぺん、そういう目に遭っているのに、なんだって孔雀の囲いへなんか入っちまったんですか」

長助が片手で顔をつるんと撫でた。

「そこはそれ、畜生の浅ましさってんで、性こりもなく……」

「そういえば、遠州屋さんの本店は米沢町でしたよね」

両国広小路は目の前である。

もともと、遠州屋は享保の頃から米沢町に薪炭問屋の店をかまえていた。霊岸島にもう一軒、店を出したのは、今の遠州屋の当主、東兵衛の父親の代で、本店は父親、霊岸島店は悴がやるようになり、どちらも繁昌していた。

「先代の東兵衛さんが歿って、今の旦那が米沢町のほうへ戻り、悴の東太郎さんが霊岸島へ来なすった。親子代々、商売熱心ないい旦那だという評判だったが、やっぱり、泣きどころは先代の後家さんのようだね」

長助の声を聞きつけて台所へ顔を出した嘉助がそこで口をはさんだ。

「番頭さんはおこと婆さんを知ってなさるんで……」

意外な顔をした長助に嘉助が苦笑した。

「昔っから口うるさいんで、よく揉め事を起していたものよ。祭の寄附が多すぎるの、町内の井戸さらいの費用《かかり》の分担にまで苦情をいって来るのと米沢町の名主さんがこぼしていたものさ。大体、先代の遠州屋が霊岸島にもう一軒、店を出して悴夫婦にやらせるようにしたのも、姑があああうるさくっちゃあ、嫁さんが逃げ出すんじゃねえかと心配してのことなんだよ」

お吉が昔を思い出す表情になった。

「そういえば、霊岸島の遠州屋から炭だの薪だの買うようになった頃、あそこの奉公人が今日は本店から鬼が来ているなんて、大きいお内儀さんの悪口をいってましたよ」

長助が首をすくめた。

「とにかく、筋金入りのやかまし屋の婆さんの猫が殺されちまったんで、こいつは只じゃあすむまいと……」

「おこと婆さんも孔雀に突っつかれたのかね」

嘉助が少々、面白そうな顔をしかけたが、

「いいえ、そいつがそうじゃねえんで。猫を助けようとして大怪我をさせられたのは、今の旦那の東兵衛の女房のおすみさんでして、それも、姑が早く虎公を助けろとぎゃあぎゃあわめくんで、慌てて囲いの中へ手を出したせいで、婆さんのほうはひっかき傷もこしらえちゃあ居りません」

という長助の返事で笑いをひっこめた。

二

厄介なことにならなけりゃいいがといった長助の心配が適中して、両国広小路の小屋で見世物にされていた孔雀が人間を襲ったという出来事は瓦版にもなった。

東吾が八丁堀の道場の稽古を終えて、麻太郎を送りがてら兄の屋敷へ寄ると麻生宗太郎が来ていて、兄嫁の香苗とその事件の話をしていた。

「遠州屋の内儀の右腕は肩の下あたりからぶらぶらになっていたそうですよ。日本橋の外科の名医が幾針も縫って、つきっきりで手当をしているらしいが……」

知り合いの患家で聞いたと宗太郎がいい、香苗が眉をひそめた。

「孔雀と申します鳥は大層、美しい姿をして居りますのに、そのように怖しいとは存じませんでした」

麻太郎に決して近づいてはならないと教えている。

「孔雀自体は、そんなに凶暴な鳥というわけではないでしょう。南のほうの国では王様が庭に放し飼いにしているそうですし、実際、わたしが見せてもらった長崎の唐人屋敷でも至極、大人しいと聞きましたよ」

大勢の人が押しかけ、わあわあさわぎ立てる小屋の中で見世物にされ、鳥が異常になっていたのかも知れないと宗太郎は推量している。

「お上も頭が痛いだろうな」

香苗が麻太郎を着替えさせるために連れて行くのを見送って、東吾が呟いた。

これまでは、やれ啼き声がうるさいの、悪臭がするのとさわいでいたのが、人に大怪我をさせたとあってはなおざりには出来ない。

「つくづく子供達を連れて孔雀見物になんぞ出かけなくってよかったと思っているよ」

と東吾は苦笑したが、今度の事件でそれを一番、痛感したのはお吉で、

「千春嬢様をお連れしないで、本当にようございました。もし、お怪我でもさせたら、お吉が首をつってお詫びをしても取り返しのつかないことでございます」

青ざめて何度もくり返している。

お上の裁きが出たのは五日ばかり経ってからで、

〈みだりに異国の鳥を持ち込み、諸人をさわがせ、人を傷《きずつ》けるに及びし段、まことに不届きにつき〉ということで、香具師の玄三というのが江戸おかまいになり、孔雀は残らず処分するよう申

し渡された。

二つがいの孔雀は役人立ち会いの上、殺されて、死骸は成り行きで回向院《えこういん》の裏に埋められ、小さな塚が建てられた。

事件はそれで落着したかに見えた。

月の終りに「かわせみ」へ上方からの客が着いた。

大坂の天満の市で紀伊、尾張、日向の物産を扱う大問屋、池田屋の番頭で市兵衛といい、江戸へ出て来る度に「かわせみ」へ宿を取る。

どちらかといえば遊び好きらしいが、江戸には馴れているし、手代を二人伴っての商用の旅だから、まず破目をはずすことはない。「かわせみ」にとっては、良い常連客の一人であった。

その市兵衛が早速、話題にしたのは孔雀の見世物の一件で、

「江戸から来たお人が瓦版をみせておくれやしたが、あれは、ほんまのことでっか」

と訊く。

で、お吉がことの顚末をこれこれだと物語ると、

「そらまあ、なんと阿呆なこと」

とあきれている。

「孔雀いうもんは、えらい高価な鳥やいうことやが、その香具師は四羽も殺されてしもて、おまけに名代人が江戸おかまいでは、ほんまに踏んだり蹴ったりやなあ」

ようまあ今まで何もせんと大人しゅうしているもんや、というのを聞いて、お吉がいった。

「ですけど、お上のお裁きですからねえ。まさか、お上に苦情もいえませんでしょう」

「そら、お上には何もいえん。けど、そうなったそもそもは、遠州屋さんの猫でっしゃろ」

猫が孔雀の囲いに入り込まなければ、また、その猫を助けようと遠州屋の内儀が囲いに手を突込まなければ、事件は起らなかった筈だと市兵衛はいう。

「大体、囲いいうもんは、そこから内へ入ったらあかんというきまりでっしゃろ。猫もお内儀さんも、囲いの中に入らなんだら、孔雀に突つかれることもなかったんやから……」

「そうしますと、囲いの中に入った猫やお内儀さんが悪いと……」

「まあ、わたしらやったら、そう考えますなあ」

「猫が死んだのも、お内儀さんが怪我したのも、自業自得だと……」

「そないにいうたら気の毒やさかい、香具師のほうから少々の見舞金を出して、それでちゃらやがな」

「お上には訴えませんので……」

「訴えて何の得がありますかいな。猫が生き返るわけやなし、お内儀さんの怪我が元通りになることもない。おまけに遠州屋さんは香具師の怨みを買うたことになりますよって、この先、何をされるかわからしませんで」

市兵衛がおどすような口調になり、お吉は躍起になった。

「怨みを買うといった所で、肝腎の玄三ってのは江戸おかまいになったんですから……」

江戸にいない者に復讐なんぞ出来はしないとお吉はいいたかったのだが、それも、市兵衛に一蹴された。

「そやさかい、前にいいましたやろ。玄三いうのんは名代人ですがな。ほんまに孔雀を手に入れて見世物やって儲けとったんは、香具師の親方と違いまっか」

ああいう世界は何か事件が起ると必ず罪を引受ける者を日頃から飼っていると市兵衛はしたり顔でいった。

「玄三いうのはそれですよってに、孔雀を殺されて立腹してはる親方は、ちゃんと江戸におる。遠州屋さんもそのあたりをよう考えとかんと……」

「お奉行所が、欺されはしませんよ。名代人に罪を押しつけて、張本人がぬくぬくととぐろを巻いてるなんて……」

「お吉さんは、ほんまに正直者やなあ。お奉行所かて、そのあたりはよう御存じや。知っていて、知らぬ顔。世の中の仕組みはよう出来ているもんでっせ」

大笑いされて、お吉は憤然としたが、お客相手に喧嘩も出来ない。

止むなく番頭の嘉助にいいつけると、嘉助が重い表情でうなずいた。

「いいたかねえがね。池田屋の番頭さんのいうのも満更、でたらめじゃねえよ」

香具師に限らず、世の中の表と裏の境目をすり抜けるようにして生きている者は自衛上、何かの折には自分の身代りに立てる下っ端を養っておく。

「早い話が、昔の大将に影武者がいたのと同じさ」

「でも、お奉行所が……」

「仕方がねえのさ。そいつが俺がやったといい立てているんだ。こいつは影武者だと承知していても、まあ、ああいう連中には借りもあるんでね」

罪を犯した者が逃げ込む先はやくざ仲間で、香具師のようにおよそ素性の知れない連中を集めて縁日や祭にいかがわしいものを売らせて商売にしている。

「がまの油売りが売っている傷薬なんぞ効くわけはないと、お吉さんだって知ってるじゃねえか」

口上一つでまやかしものを売っても大目にみてもらえるのがあの連中で、その代りにはお上のお尋ね者が逃げ込めば場合によっては日頃、昵懇の定廻りの旦那や岡っ引に密告する。盗人や偽金作りの情報をもって来て、首尾よく町奉行所が手柄を立てる例もあった。

「お上だって、好きでなあなあをやってるわけじゃあるまいがね」

嘉助やお吉が奉公していた、るいの父親の庄司源右衛門は、そういった連中とのかかわり合いをひどく嫌っていたが、といって長年の慣習が一朝一夕に改まるというものでもなかった。

「たしかに、そりゃあそうですよねえ」

気の抜けた声でお吉がいい、心配そうに訊いた。

「だったら、遠州屋のおこと婆さんは香具師の親方に怨まれてることになりますけど」

孔雀四羽を殺されて大損をした仕返しを受けはしないかとお吉が気を廻し、嘉助が煙草盆に煙管をはたいた。

「ま、いくらなんでも、あんな婆さんに仕返しをしたって始まらねえと思うけどなあ」

その話はそれっきりであった。

ことが町奉行所の裏の部分にかかわるので、いくらお喋りのお吉でも、るいや東吾には舌が裂けても話せない。

三

その日、東吾が深川へ出かけたのは、軍艦操練所の同僚の妻女が急死し、その野辺送りが営まれたからであった。

歿った若い妻には三人の子があって、十歳を頭に一番下はまだ五つ、泣くことも忘れたような悲痛な顔をみて弔問客はみな、胸を衝かれた。

帰り道、

「何、あいつは男前だし、家柄もよいから、すぐに後添えがみつかるだろう」

なぞと気やすめをいう奴もいたが、東吾は五歳の男の子が、その昔、母を失った自分の姿に重なるようで、早々に友人達と別れた。

佐賀町まで来て、あそこは長寿庵と思う所に畝源三郎が立っている。

長寿庵の連子《れんじ》窓の外で、東吾が声をかけようとした時、源三郎がこっちをむいて口に指を立てた。で、そっと近づいて肩を並べると店の中から、老女にしては甲高い声が聞えて来た。

「何が悪いって、ああいう香具師《てきや》連中ほど性質《たち》の悪い者は居りませんよ。そもそも孔雀なんてのは公方様かお大名が広いお庭で飼うもんだそうで、そういう立派な鳥を狭い所に押しこめて見世物にしたんですから、それだけだって重い罪でございましょうが。金儲けのためなら、何をやってもいいってものでもございますまい。おかげでうちの嫁は右腕一本なくすかも知れない大怪我で、公方様のお膝元の江戸に住んでいて、こんな馬鹿げたことが起ってよいもんでしょうかねえ」

源三郎が東吾をふりむき、目で連子窓のむこうを示した。

そこに遠州屋の女隠居がすわっている。

相手をさせられているのは、長助の女房のおえいで、その母親をかばうようにして長助の倅の長太郎が立っていた。

「そりゃあ御隠居さんのおっしゃることも、わからなくはございませんがね。たしかに、うちの人はお上から十手捕縄をおあずかりして町内を走り廻ってはいますけど、両国広小路の一件については、なんにもかかわり合っていないんですよ」

困惑し切った声でおえいがいい、その傍から長太郎が、

「とにかく、そんな話をいくら聞かされても、こっちはどうしようもないんで、他のお客にも迷惑だから、どうか、もう、よい加減に帰っておくんなさい」

穏やかながら、きっぱりといった。

それでも、おことはひるむ色もなくて、

「別にあたしはここの家へ苦情をいいに来たんじゃあありませんよ。ただ、世間の人は殺された孔雀がかわいそうだの、猫が鳥小屋へ入ったのが悪いのと、本末転倒したことばっかりいうもん

だから、少しはこっちの立場も聞いてもらいたいと思いましてね。親分が帰って来なすったら、そこんところをよく、町の人にいっておもらい申したいと遠州屋の隠居がいっていたと伝えておくんなさいよ」

気の強い目でおえいと長太郎を睨みつけ、そそくさと暖簾を分けて出て行った。

それを見送って源三郎が先に、東吾が続いて長寿庵へ入る。

「長助は間もなく帰って来るぞ、その先で坊さんが落しものをしたとさわいでいたのでね。長助と若いのが探してやっている」

源三郎が苦笑まじりにおえいにいい、長太郎はお辞儀をして麦湯を取りに行った。

「外で聞いたが、遠州屋の婆さんってのは、聞きしにまさる横紙やぶりだな」

座敷へ案内しようとするおえいを制して、東吾は片すみの腰かけに落付きながら笑った。

「あんなのにどなりこまれちゃあかなわない」

「いいえ」

と、おえいは倅の持って来た麦湯を東吾と源三郎の前へおきながら苦笑した。

「あちらの御隠居さんもお気の毒なんですよ。猫一匹のことで、あんな大さわぎになっちまって、おまけにお嫁さんは片腕がなくなるかも知れないっていう大怪我で……」

「それもこれも、隠居のせいだと世間が噂をするんだろう」

長太郎がいった。

「あの人は、自分のせいじゃないってことだけがいいたいんですよ。ですが、やっぱり、騒動の元はあの人の猫だし、遠州屋のお内儀さんだって、姑さんから猫を助けろといわれなけりゃ、囲いに手なんか突っ込みません」

「およし」

母親が制した。

「御隠居さんだって、つらいんだよ。だから、ああやっていっても仕方がないことを触れ廻っているんだから……」

暖簾をくぐって長助が戻って来た。

「どうにもこうにもわけのわからねえことになりまして……」

そこに東吾がいるのをみつけて、笑顔で頭を下げた。

「若先生は、横地様の野辺送りのお帰りで……」

「よくわかったな。いかん、塩をまいてもらうのを忘れたよ」

東吾が外へ出て、おえいがおかしそうに清め塩を取りに行った。

「坊さんの落しものは出て来たのか」

と源三郎が訊き、長助が手拭で汗を拭いた。

「そいつが、どうにも奇妙でござんして……」

新大橋の袂でうろうろしていた坊さんに、

「どうしなすった」

と声をかけると、大事なものを落したという返事で、慌てた様子で新大橋を渡って行く。

長助と下っ引の三次が追いかけて行き、一緒に探してやろうということになったのは、その坊さんが顔面蒼白になり、ひどく慌てふためいていた為だったのだが、

「橋を渡ったところで問いつめますと、檀家から百両の金をあずかって寺へ帰る途中、気がついたら、懐中にしまった筈の金がなかったと申しますんで、ひょっとすると掏摸《すり》にやられたんじゃねえかと思いまして……ですが、坊さんはどうも落したようだというんで一緒に今来たという道を後戻りしました」

探し探し、とうとう柳橋まで行ったが、落したという金は見当らない。

「結局、遠州屋までたどりつきまして……」

清め塩をしてもらって戻って来た東吾が思わず聞き耳を立てた。

「遠州屋だと……」

「へえ、薪炭問屋の遠州屋でござんして」

そこが、坊さんのいう百両あずかった檀家だとわかって、長助は番頭に主人を呼んでもらった。

「狐につままれちまったのは、旦那の東兵衛さんが、うちでは別に坊さんに百両なぞという大金を渡したおぼえはねえっていいますんで……」

聞いている東吾と源三郎の表情がきびしくなった。

「それで長助はどうしたんだ」

「へえ、とにかく、坊さんを連れて来ますってんで、外へ出てみると三次の奴が、坊さんはあっちの道を通ったから、念のために見て来ると薬研堀のほうへ走って行ったきり戻って来ないと申

しますんで……」

「待て。坊さんは長助と一緒に、遠州屋へは入らなかったんだな」

「へえ、旦那に面目なくて、とても顔を合せられねえというんで、三次と外で待たせておいたんです」

その時点で長助は坊さんになんの疑いも持ってはいなかったのだが、

「百両なくして、もし、妙な量見にでもなっちまっちゃあいけねえと思って……」

下っ引を後に残した。

だが、坊さんは金を落した場所を探して来るといって姿を消し、肝腎の遠州屋では、百両なぞという金は知らないという。

「面目ねえ話ですが、とにかく、旦那にお知らせ申そうと、帰《け》えって来ました」

源三郎がいった。

「坊さんの名は聞いたのか」

「へえ、妙心というそうで……」

「寺は……」

「そいつは坊さんに訊いたわけじゃあございませんが、遠州屋での話じゃあ、あそこの菩提寺は本所の長桂寺てえことでして……」

妙心が遠州屋を檀家といったからには、妙心は長桂寺の僧ということになる。

「源さん、長桂寺へ行ってみよう」

東吾が立ち上り、源三郎と長助、それに三次が後に続いた。

だが、長桂寺へ行ってみると、

「当寺には、妙心と申す僧は居りませんが……」

という。

「たしかに米沢町の遠州屋さんは手前どもの檀家でございますが、本日、当寺から遠州屋さんへ行った者もない筈で……」

源三郎から事情を訊いた住職が寺の僧を一人残らず集めて長助と三次に顔をみてもらったが、百両を落したと果し眼になっていた妙心という僧はいない。

念のため、米沢町の遠州屋まで行ってみたが、

「妙心などという坊さんは全く存じませんし、そのお方に百両を渡したおぼえもございません。なにかのお間違いでは……」

東兵衛の返事はきっぱりしていた。

「どうも、こいつは奇妙な雲行きだぞ」

東吾は嫌な予感がしたが、どうしようもない。男達は空しく遠州屋を後にした。

四

遠州屋東兵衛が殺害されたのは、その翌日のことであった。

時刻は早朝。場所はよりによって吉原の衣紋坂であった。

東兵衛が何故、吉原へ出かけて行ったのかは、遠州屋の誰もが知らなかった。

一緒に暮している次男の東次郎の話によると、店を出かけたのは夕方で、

「人に逢う用事があって出かけるが、帰りは遅くなるかも知れないので、裏木戸の桟だけ下さないでおいてくれと申しました。父は五十を過ぎてからは滅多に夜更けて帰ることはございませんが、それでもつき合いで遅くなるような時には、そのように申して出かけて居りますので……」

裏木戸の桟をかけないでおくと、そこから入って勝手口の隣の女中部屋の雨戸を叩き、おさんどんが起きて裏口を開けることになっているという。

「吉原へ行くとは思わなかったのか」

という役人の問いに対しては、

「父も年でございますし、家には病人もあることで……」

と、うつむいた。

実際、東兵衛の女房おすみは例の孔雀の一件で大怪我をして以来、まだ寝たきりの状態である。

調べてみると、東兵衛の足取りは判然としていた。

柳橋の船宿から猪牙《ちょう》で吉原へ向っている。

船宿も馴染なら、船頭も顔見知りで、

「東兵衛旦那はお内儀さんの具合が悪いのに吉原へ行くことを、えらく気になすってお出でで、或る人からどうしても来るようにといわれて出かけて行くので、遊びではないとしきりにとりつくろってお出でででした」

と、船宿のお内儀も船頭も口を揃えた。

猪牙は大川から山谷堀へ入り、船宿の桟橋に着き、そこからは船宿の女房が出迎えて吉原へ案内するのがきまりとなっている。

「遠州屋の旦那様はお久しぶりでございまして、例の孔雀の一件がございましたのは承知して居りましたので、とんだ御災難でございましたというような挨拶は致しました」

と船宿の女房はいう。

東兵衛は日本堤を衣紋坂へ向って行き、吉原へ来る多くの客と同じように大門をくぐって、江戸町一丁目の引手茶屋へ入った。

「分花菱」というその茶屋は、東兵衛の馴染の店で、吉原へ遊びに来る時は必ずこの店から登楼しているとのことで、茶屋の亭主の証言によると、東兵衛の様子は陰気で、とても女郎買いに来た客には見えなかったらしい。

「いつもでございますと、すぐに芸者を呼びまして、お仲間の方々とお酒を召し上りながら花魁《おいらん》の来るのをお待ちになるものでございますが、昨夜は連れの来るのを待つからとおっしゃいまして……」

敵娼《あいかた》もきめず、芸者も呼ばないで酒を飲んでいた。

「東兵衛には馴染の妓《こ》はなかったのか」

という役人の問いに、「分花菱」の亭主は、

「昔はございましたが、この節は年に何度もお出でになりませんことで、お仲間とその時その時

のお見立てで……」

むしろ、茶屋のほうにまかせていたという返事であった。

なんにしても、東兵衛は長いこと「分花菱」で連れの来るのを待ち続け、結局、四ツ（午後十時）の拍子木を打つ頃になってしまって、止むなく「分花菱」の亭主に声をかけ、敵娼を決めて「尾張屋」という妓楼へ上った。

「お帰りになろうか、お泊りなさろうかと随分、迷っておいででございましたが、手前共で、折角、お出で下さいましたのでございますから、お気晴しをなさいましと、いい妓をお取り持ち申しましたので……」

春風という若い花魁が迎えに来て、東兵衛は客になった。

その春風の話によると、東兵衛は卯《う》の刻（午前六時）には起きて帰り支度をした。

茶屋へ寄って勘定をすませ、余分の祝儀をおいて朝飯はいらないと断って、茶屋の女房に送られて大門を出て行った。

そこから先は、大門の外で客待ちをしていた駕籠屋の話で、伊八という駕籠屋が声をかけたが、東兵衛はひどく考え事でもしている様子で返事をせず、そのまま、衣紋坂へ歩いて行った。

「菅笠をかぶった男が、むこうから来て東兵衛旦那とすれ違ったように見えたんですが、こっちはあんまり気にもしていませんで、男はどんどん箕輪のほうへ行っちまいまして、まあ、あの時分、吉原へ客で来る者はございませんから別に不審にも思いませんで……」

東兵衛が倒れているのに気がついたのは誰だったかわからないが、

「おかしいぞ」

というような声がして、ぞろぞろと近づいてみると、倒れている東兵衛の腹に出刃庖丁が突きささって居て、大さわぎになった。

大門の左側には門番所があって、町奉行所の隠密廻りの与力と同心が詰めている。

知らせがあって早速、かけつけたものの、東兵衛にはすでに息がなかった。

吉原の、それも朝帰りに殺された客ということで遠州屋東兵衛殺しは瓦版になったが、孔雀の一件と結びつけて考える者はなく、むしろ、東兵衛の懐中に財布がなかったことから、通りすがりの盗っ人の仕業とされたが、下手人の手がかりはなにもなかった。

駕籠屋達が見たのは、菅笠をかぶった男というだけである。

「俺は長助が会った妙心という坊主の件とかかわり合いがあるように思うんだがな」

と源三郎にいったのは東吾で、

「遠州屋東兵衛は否定したが、やはり、あの時、東兵衛の手から百両が妙心に渡ったのだと考えると平仄が合わないか」

「妙心は香具師の仲間、というより手下ですな」

源三郎にも東吾の腹の中が読めて来て、

「百両は孔雀の代金ですか」

と合点する。

お前の母親が大さわぎをしたおかげでお上の手数をかけ、あげくに商売の種だった孔雀四羽を処分する結果になった。

「この大損をいったい、どうしてくれる、場合によっては考えがあると、正面から脅したか、それとも搦手《からめて》からじわじわ責め上げたか、そういうことには馴れた連中ですから、素人は慄え上ります」

不快をかくさずに源三郎が舌打ちした。

「そうなったら、遠州屋はもうお上に助けを求めませんよ」

大商人なら金で解決する道をえらぶ。

「それで、むこうがよこした使が妙心だったんですな」

「妙心というのは偽名だろうが、おそらく女犯《にょぼん》かなんかで、どこかの寺を破門になった坊主くずれだろう。そいつがどじで金を落したか、掏られたか。奴は自分の命が危いと尻に帆かけて逃げちまった」

要するに、遠州屋の出した百両は肝腎の相手には渡らなかったことになる。

「それにしても、吉原へ呼び出して殺害するというのは乱暴ですな」

「ひょっとすると、おこと婆さんがあっちこっちで悪口をいっているのが耳に入ったのかも知れないよ。ああいう手合は、とさかに来ると何をやらかすか知れたもんじゃあないからな」

「証拠のないのが残念ですよ」

下手人はとっくに彼らの仲間の手を通って江戸から出てしまっているに違いない。

「せめて、東兵衛が何か書いたものを残しているとか、悴に打ちあけているとか……」

「無理だよ、源さん。仮にそういうものがあったとしても、悴はおそれながらと訴えては来ない。親父が死んで一件落着なら有難いと思っているかも知れないよ」

男二人が切歯《せっし》扼腕《やくわん》して夜が更けたが、この事件には後日譚がある。

幕府が瓦解した後、越後の寺を舞台にした詐欺事件があって、捕えられた首魁の老僧が官憲に話した昔の罪状の中に、遠州屋にかかわる件があって、妙心と名乗った彼の果した役目と逃亡した理由は、ほぼ、東吾と源三郎の推量通りだったのだが、勿論、それは二人の知るところではなかった。

米沢町の遠州屋は東兵衛の次男の東次郎が継ぎ、霊岸島の店は長男の東太郎がそのまま続けて、どちらの店もけっこう繁昌した。

そして、おこと婆さんは殺された虎猫の代りに三毛猫を飼い、二人の孫の所を行ったり来たりと盥廻しにされながら、相変らず強情で口やかまし屋といわれ、それでもめげずに江戸の町を歩き廻っていた。

ただ、その心中を吹き過ぎている風に、おこと婆さんがどれほどの思いを抱いていたかは、誰も想像してくれなかった。

初出　「オール讀物」平成12年11月号～13年6月号

初春弁才船《はつはるべんざいせん》・御宿《おんやど》かわせみ

二〇〇一年十一月三十日　第一刷
二〇〇一年十二月二十日　第二刷

（定価はカバーに表示してあります）

著者　平《ひら》岩《いわ》弓《ゆみ》枝《え》

発行者　寺田英視

発行所　株式会社　文藝春秋
東京都千代田区紀尾井町三―二三
電話代表（〇三）三二六五―一二一一

印刷所　凸版印刷
製本所　加藤製本

万一、落丁乱丁のあった場合は送料当社負担でお取替えいたします。小社営業部宛お送り下さい。

Printed in Japan
ISBN4-16-320570-5

水曜日のひとりごと

平岩弓枝

小説に芝居に多彩な活躍を続ける著者が女として妻として母として、四季の移ろいの中で心にとめたあれこれを書き綴ったエッセイ集

文春文庫版

水鳥の関（上下）

平岩弓枝

東海道新居宿、汐見本陣の娘お美也は夫が早世、息子とも別れ、実家に戻った。家門の柵《しがらみ》に傷つきながら、幸福を模索する長篇時代小説

妖怪

平岩弓枝

水野忠邦に抜擢され、天保の改革に尽くした鳥居耀蔵だが、改革の頓挫により失脚、数多の悪名を被った。官僚の立場に殉じた男の生涯

若い真珠

平岩弓枝

何不自由なく育った奈知子と、不幸な生い立ちの久美。久美は、好意を寄せる次郎と奈知子の仲を裂こうとするが……。幻の少女小説

文春文庫版

「御宿かわせみ」読本

文藝春秋編

「御宿かわせみ」の魅力を著者インタビューや、テレビ・舞台に出演した俳優たちとの座談会、愛読者のエッセイなどで多角的に分析

四六判

平岩弓枝「御宿かわせみ」シリーズ

文藝春秋刊

▼御宿かわせみ（上下）
▼文庫版は「御宿かわせみ」「江戸の子守唄」「水郷から来た女」「山茶花は見た」に分冊して刊行
▼幽霊殺し
▼狐の嫁入り
▼酸漿《ほおずき》は殺しの口笛
▼白萩屋敷の月
▼一両二分の女
▼閻魔まいり
▼二十六夜待《にじゅうろくやまち》の殺人
▼夜鴉《よがらす》おきん
▼鬼の面
▼神かくし
▼恋文心中
▼八丁堀の湯屋
▼雨　月
▼秘　曲
▼かくれんぼ
▼お吉《きち》の茶碗
▼犬張子の謎
▼清姫おりょう
▼源太郎の初恋
▼春の高瀬舟
▽宝船まつり
▽長助の女房
▽横浜慕情
▽佐助の牡丹

▼は文庫版あり